博客思出版社

杏壇浮世繪

台灣教改的故事

暗光鳥‧范　著

自序

回憶，如果把它攤開，三天三夜也說不完；如果把它折疊起來，甚至存在隨身碟裡，就真的渺小到不值一提了！

我是一位退休不久的老師，或許深怕未來的某一天，那些曾經令我感動的人、事、物會在記憶中消失不見，所以起心動念，想把它們記下來，這是我寫這本書的動機。故事內容以1990年代以後的台灣教育改革為背景，場景設定在國中校園，寫一些教育現場的老師的故事，可以把它當作杏壇軼事。只是它總歸是小說，故事情節難免虛構和拼湊，內容若有類似，純屬巧合，請讀者勿對號入座。而書的架構部分，因為中年以後閱讀《儒林外史》頗喜歡，因此模仿此書結構，讓許多角色依序出場，再依序退場，最後都因緣際會到某個教育現場了。

杏壇浮世繪

年輕時，常聽一些在職場打滾多年的前輩嘆氣說：「人在江湖，身不由己！」我想說的是：有人的地方，就會有江湖，學校也是。雖然年輕時我也曾心中抱怨苦毒過，但現在我感謝這份工作。它使我接觸到很多的學生、家長和老師，看到人間生活百態，品嚐到人生百般的滋味；它也讓我找到自我肯定與成就感，或許也曾默默幫助過一些人吧，使我回顧前半生，一點也不覺得黯淡虛度，雖然無數的夜晚我也曾為它徹夜輾轉難眠過。

　　我文筆笨拙，甚至詞不盡意，但盼望讀者在閱讀此書時，能激起心中一些漣漪，彷彿與老朋友「一壺濁酒喜相逢，古今多少事，都付笑談中。」

2022 冬

杏壇浮世繪

如果你是農夫

找一塊田地去耕耘

如果你是獵人

找一片森林去狩獵

如果你是戰士

找一個戰場去廝殺

當你自怨自艾

當你憤世嫉俗

當你冷漠麻木

要知道，生活中多的是這樣的人啊！

〈教學隨筆〉

杏壇浮世繪

目錄

1994以後的台灣中等教育改革記事

年	教育記事	附記
1987	中學生髮式規定，改由各校自行決定，但各校髮禁依舊（1月）。	解除戒嚴。 開放兩岸探親（11月）。
1990		「台灣錢淹腳目」：股市站上 12682 歷史高點。
1994	公布《師資培育法》(2月)。 民間 410 大遊行（4月）。 官方成立「教改會」(9月)。	唯一一屆的台灣省長民選，宋楚瑜當選。 410 遊行訴求：落實小班小校、廣設高中大學、推動教育現代化、制定教育基本法。
1995	公布《教師法》(8月)。	
1996	開放「審定本」教科書。	首次總統民選，李登輝當選。
1997		亞洲金融風暴。

杏壇浮世繪

1998	成立「教育改革推動小組」（1月）。 公告「九年一貫課程總綱要」。	通過「教育改革行動方案」，編列 5 年 1570 億經費。
1999	公布《教育基本法》（6月）。	921 大地震（9月）。
2000		總統選舉，陳水扁當選。 首次政黨輪替。
2001	七年級開始實施「九年一貫」新課程。 舉辦「國中基測」，取代「高中聯考」。	美國 911 攻擊事件。 基測成績：換算成 PR 值，各科滿分 60 分。
2002	「統編本」教科書走入歷史。	
2003	民間發表《教改萬言書》（7月）。	SARS 疫情（3月）。
2004	全面實施「九年一貫」新課程。	

2005	612「拯救國教」遊行。 髮禁解除（7月）。	
2006	禁止體罰法制化。教師專業評鑑開始實施。	《教育基本法》第 8 條第 2 項修正。
2007		第一代 iPhone 面世，開啟智慧型手機時代
2008		馬英九當選總統，二次政黨輪替。金融大海嘯。
2009	712「我要十二年國教」大遊行。	
2010		
2011	啟動「十二年國教」。	
2012		
2013	末代「國中基測」。	

杏壇浮世繪

2014	發布「十二年國教課程總課綱」。 實施「免試入學」，以「國中教育會考」取代「國中基測」。	會考成績改為：A「精熟」、B「基礎」、C「待加強」和 7 級分。 太陽花學運。
2015		
2016	軍公教「93 大遊行」。	蔡英文當選總統，三次政黨輪替。
2017	教師評鑑改為「教師專業發展支持系統」	老師必須備課、觀課和議課。
2018	實施「108 課綱」。	省政府去任務化（廢省）。
2019	公告「2030 年雙語國家政策」。	
2020		Covid-19 全球防疫。
2021	疫情嚴峻，5 月升為三級警戒，改採「線上教學」。	「線上」辦公或演講風潮湧起。
2022	疫情嚴峻，實體教學與線上教學並行。	10 月 13 日疫情解封。

一、政壇頻輪替，校園多改革

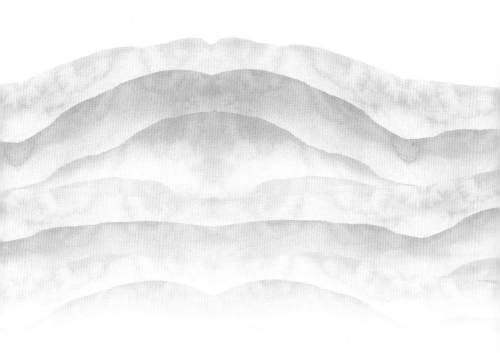

現代的年輕人都知道台灣曾有「戒嚴時期」，時間從1949年到1987年，長達三十八年。其實這名詞應該是在台灣解嚴之後，出現在社會領域教科書的「認識台灣」單元中，才漸漸為年輕人所熟知的。早期，人們雖然就生活在戒嚴中，但可能並沒有特別感受，或許是因為生活艱辛餬口不易，大部分的人為了一家生計埋首工作中，對環境逆境只能卑微忍受，而略知戒嚴時期故事的耆老們，又有所忌諱不願多談起，所以當時出生的民眾就成為無感的一代了。

　　大概是在1987年政府解除戒嚴之後，因為整個社會風氣逐漸民主自由，人們可以憑自己意願結社、組黨、辦報等，也破天荒可以藉由手中的選票選舉總統，一時間大眾媒體如雨後

春筍般出現，社會「眾聲喧嘩」，我們才對於戒嚴時期的相關資訊略有知曉。尤其在2000年的總統選舉，結果是長久執政的A黨首次失去政權，媒體大肆報導「變天」，在民心思變下政權和平轉移，使得社會氛圍愈趨開放自由；而之後執政的B黨，也漸進地解鎖了許多戒嚴時期的歷史檔案，以供相關學者、有心人士研究，如同掀下了戒嚴時期的神祕面紗，我們才能像玩拼圖一般，拼湊出部分噤聲時期的生活樣貌。

　　一波波的民主改革帶來社會新風貌，影響是全面性的。經濟方面，政府解除外匯管制，使得國外熱錢湧進台灣，開放證券商執照申請，也使人們跟風潮買賣股票，推波助瀾之下，台灣股價不斷上漲，股民呵呵笑不停，曾

創下「台灣錢淹腳目」的經濟奇蹟。而台灣教育也在同樣的氛圍下，讓人感受到校園生態不斷在變化與革新，也帶來紛紛擾擾的相關議題的討論與省思。每次的政黨輪替，總會為教育政策注入新的內涵，而這也讓在學校從事教育工作的人員感到應接不暇啊！

　　教育改革以1994年民間發起的「410大遊行」開啟序幕。這起遊行活動，在反映當時的中小學教育現況，所訴求的內容有：「落實小班小校」、「廣設高中大學」、「推動教育現代化」和「制定教育基本法」等，在當時得到社會廣大的迴響。民間教改團體的遊行活動影響所及，不久政府成立「行政院教育改革審議委員會」，並由當時中央研究院院長李源澤擔任召集人，啟動了教育各項改革以符合民意。

杏壇浮世繪

在此以後，台灣教育進入有史以來最大的改革時期，各級學校在校園管理、親師互動、師生互動、教科書內容、教學硬體和方法以及升學方式等，也有了巨大的變易。然而，風起雲湧的世代，看似新時代的興起，也代表著舊時代的式微；有人在洶湧的浪潮裡隨波逐流，因著逐漸褪色的生活喟嘆不已，而也有人乘風逐浪，帶著期待、冒險的精神走向未知⋯⋯

鐘聲響起，美雲從一間五十多位學生的教室走出來。這是一所標榜升學與天主的愛的私立中學，校長是一位神父，五十多歲，看起來非常和藹可親。美雲手上抱著教具，頭髮俐落地綁著馬尾，穿著淺粉色T-shirt加藍色牛仔褲，看起來像畢業不久、初入社會的新鮮人，而事實上她已經二十八歲，而且有一個十月大

的女兒了。

　　走回辦公室，就聽到聲音宏亮的朱老師大談教育現況。她猜他是外省籍老師，因為他長得人高馬大，說起話來聲音抑揚頓挫，還有濃濃的北方腔調，其實聲音非常好聽。她坐回位子，好像聽到大家談到中研院院長「李源澤」的名字；410的民間大遊行，使政府對教育必須有積極作為來反映民意，而美雲想進一步參加公立學校的教師甄試，所以這教育改革的議題，她不免敏感，豎起耳朵聽著。資深老師們大談闊論，有人認同廣設高中大學，可以減輕學生的升學壓力，也有人提反駁意見，擔心高職被邊緣化，招生更不容易；爭論的聲音像瓦斯爐上燒滾的熱水劈劈啪啪，氣氛很熱絡。

老師們桌上擺滿了教科書和參考資料，筆筒裡放滿了文具用品，有些地方還點綴著綠色的小盆栽；相對地，美雲的桌面很冷清，只放了女兒的近照，照片對角，還平擺了一封家長寫的信。這信是早上一年愛班的邱導師轉傳的。

當時，美雲正在閱讀教材，邱導師笑吟吟的走過來，說：

「美雲老師，這是我們班一位熱心家長寫給妳的信，要我轉交給妳，不知道寫什麼，妳看看！那位家長是單親媽媽，很關心孩子的成長⋯⋯妳如果有不了解的，可以和我聊一聊喔！」

這位家長的字體娟秀，用詞典雅，一看就知道不是淺薄的人。信的內容，主要抱怨孩子進入私中，第一次月考成績不理想。她表示自己在經營一家小型的塑膠玩具代工廠，看似小物件，卻帶領好多位員工，從早忙到晚，而辛苦的代價，竟然是孩子月考以不理想的成績回報她，讓她心裡非常難過。

　　這信箋看似抱怨孩子不認真學習，實際上家長想表明自己工作繁忙，無法兼顧孩子學業，請老師為孩子成績多費心思；而家長會把孩子送進名校私中，自然也有更明顯的「成龍成鳳」的期待在。

　　美雲看著這封信，以她現有的人生閱歷，無法理解這位家長的擔憂與託付；她覺得這位

家長的孩子資質很好，在學校很有禮貌，假以時日，一定會成大器，不會讓母親蒙羞。她天真地覺得這位母親太操之過急了，教育是「百年樹人」的大計，豈能以剛入校的一次月考成績就蓋棺論定？就像現在要啟動的各項教育改革，只要目標正確、方向沒錯，就應該大刀闊斧地去執行，而不去計較一時得失……唉！但她看了信箋一眼，仍難免感受到來自家長殷殷期盼的壓力，所以把它放到抽屜裡，起身走了出去。

學校的第一棟大樓是行政樓，走出去是校門口，她從聖母瑪麗亞像旁繞過去，和警衛打個招呼就離開學校。行人道上陰香樹整排成蔭，學生三三兩兩打鬧著，有人走進便利商店，有人聚在店門口吃東西、聊天。她彎進旁

邊的小巷弄，鼻子偶爾還可以聞到油膩的窗戶裡飄出來的飯菜香。這時，她將心情收拾好，快步走回婆家。

　　這是一個有數棟大樓的新型社區，裡面有中庭、遊樂設施，還有成立不久的社區管委會。她進了電梯，來到五樓。打開門，一進入客廳，十月大的女兒坐在螃蟹車裡，看到她咿咿呀呀地靠了過來。她和婆婆打聲招呼，抱起女兒玩耍了一會兒，又把她放回螃蟹車裡，然後走進房間。婆婆已經把飯菜煮好，如果在娘家，她已經夾起一塊紅燒肉放進嘴裡，但在這裡她是媳婦，不是女兒，所以她不能這麼做。其實，她實在不知道怎麼和婆婆對話！白天，女兒由婆婆帶著，晚餐時間，其他家人會陸續回來。女兒乖巧，大家疼愛，她不用操心。大

杏壇浮世繪

約晚飯後，她會把女兒帶回房間自己照顧，隔天早上出門時，再把她托給婆婆。

女兒的爸爸在新竹科學園區上班，是人人稱羨的「科技新貴」，但是他只在星期五下班後才回來婆家。人的前半生，有人非常優秀，從讀書、結婚、生子和工作都一帆風順，看似所謂的「人生勝利組」，但其實不過是小螞蟻和大螞蟻的區別罷了；科技人看似光鮮亮眼，但壓力大工時長，也只是一群為公司賣命辛苦過勞的值得憐憫的人！如此想來，現在的她算不算是「偽單親」呢？晚上她和女兒在房間相伴，現在的生活美雲其實有寄人籬下的感受，只因著女兒，她才和婆家的一群人有了牽絆，但生活白天戒慎緊張，晚上又沒辦法自在輕鬆，她覺得心情低落時也無人可傾訴……想到

此，又憐惜地把女兒緊緊摟在懷裡。

美雲抱著女兒哄她睡覺，一邊來回踱步著，一邊想著白天家長寫的那封傷心信，此刻反倒能體會她生活的辛勞和期待孩子成材的心情。哄好女兒睡覺，時間已經很晚了。她坐回梳妝台前，準備著明天上課的內容，也思考著要如何回應白天那一位焦慮的母親。

「不過，明天我還是先聽聽那位同學對這次月考的想法，再來回應媽媽好了。」她抬頭思索一會兒。

客廳隱約傳來電視新聞台的聲音：「行政院教育改革審議委員會」提出教育改革的重點

優先項目，其中有：修改教育法、改革中小學教育、實施多元入學方案……

她又埋頭苦幹著，桌上雜亂放著一堆資料。女兒裹在一條天空藍的被單裡甜甜睡著，像睡在雲朵上。望著她粉紅的臉蛋，美雲衷心期盼明年可以順利考上公立學校的教甄，有了穩定的工作，就可以建立自己溫馨的小家庭了。

二、聯考爭鯉躍，家計拒鹿鳴

志輝這學期剛接下教務主任的工作。這是一所濱海的小學校，校址離市區很遠，所以每年老師調校的頻率不低，加上學校的升學成績並不突出，因此家長在自身能力許可的情況下，會把孩子送去市區的學校就讀。

　　志輝來自鄉下，事實上他求學的路頗曲折，所以可以擔任老師他非常地珍惜。當了三年的衛生組長，因為任勞任怨，做事勤快又可靠，校長就請他接了教務主任。當校長親自把聘書交到他手中時，還不免以浮誇的語氣鼓勵他，表示自己的眼光獨到，一定不會看錯將才。志輝摸著頭髮，勉為其難地接下這職務，他知道這學期的工作不輕鬆，夠資格的老師都不願意接，有些人還袖手旁觀等著看他出糗。

杏壇浮世繪

從去年開始，所有老師都在校內或校外研習了「九年一貫」的新課程，這是台灣教育改革的重要一環。而新學年伊始，國一新生就率先實施新課綱的課程。許多老師還感受不到教學實際的不同，只不過把學習科目重組合併，改為「學習領域」，分別是：語文、數學、自然、社會、綜合、藝術與人文、健康與體育，共七領域。原本國立編譯館的教科書換成民間的審定本，課本因此變大變花俏，還有來到一年級的教室，門上的吊牌換成「七年級」而已！

萬事起步難！除了老師的領域課程的研習、宣導之外，還有學生的升學制度的大改變，即是廢除了行之多年的「高中聯考」，以「國中基測」取代。舊制的高中聯考滿分是700分，而國中基測滿分是300分(後來改為312

分），是把學生的成績換算成PR值，也就是量尺分數，以供升學之用。簡單來說，學生的成績單，如果PR值是九十二，即表示該生在這次基測考的成績，高過全國約92%的考生。但是什麼是PR值？怎麼換算？公平嗎？有助於紓解考生的升學壓力嗎？這是破天荒的教育政策，家長存疑，老師也搞不清！志輝必須為老師開研習，也必須在學校辦的升學說明會向疑惑的家長宣導，而這些業務真夠他忙得暈頭轉向！

不過，三十五歲的他能有這樣的機會，他還是覺得很感恩！

杏壇浮世繪

志輝回想自己的求學生涯，他其實是個「拒絕高中聯考的小子」，並不是因為他叛逆不愛讀書，實在是家庭的因素。

這說來話長，必須提到他牽掛的父親！

　　志輝的父親年輕時曾是紡織廠的師傅，當兵回來後，他和自家兄弟買了幾台機器，自己當起老闆。根據他父親的說法，從前家裡做的是禦寒手套，樣式簡單，但在當時算是新潮商品，每年百貨商場和店家的訂單接不完，從夏天就在趕工秋冬的出貨。但好景不常，志輝和弟妹一個個出生後，台灣經歷了老蔣（蔣中正）去世、中美斷交和中東的石油危機，如同一葉扁舟漂泊在驚濤巨浪當中：那時，幾家報紙的鄉土文學論戰正打得火熱，校園民歌也迴響在大街小巷裡，而他的父親卻悄悄地結束了小工廠，兄弟四散營生，他也帶著一家人離開故鄉，來到異地重新開始！

志輝的童年是和鄰居小孩在稻田裡追逐、釣青蛙和煁地瓜中度過的。國中時，長得俊俏的他在升學班當班長，也代表學校的童軍團征戰過多次比賽，他算是該年級的「風雲人物」之一，老師眼中「品學兼優」的學生。

　　但是家中食指浩繁，父親在市場擺攤賺的錢還了應付帳款，所剩下就不多了，以債養債，勉強度日，「升學」就成了一種奢望！

　　志輝記得國三時，他的導師陳美玉曾來家裡做過訪查，也數次打電話給他的父親。陳老師留著俏麗的短髮，身材微胖，個性開朗熱忱。她帶著班上的同學打拚升學，那時的目標是擺在「考北聯」，建中、北一女是首要目標，教室黑板的上方貼著「追求卓越，再造顛

峰」的標語，升學班的同學都是頂尖的戰士，為要贏得光榮的冠冕而奮戰。他們相信「十年寒窗無人問，一舉成名天下知」，如能考上第一志願，就能「鯉躍龍門」，身價不凡了！

當陳老師知道他不打算參加高中聯考，一顆火熱的心如同關照自己的孩子一般，常常為他的學習打氣，並多次和他的父親溝通。志輝還記得父親臉上為難的表情，也記得父親溫和的語氣轉為激動到最後幾近護衛自尊的激昂！之後，陳老師就不再打電話到他家裡來了。

志輝那年沒有參加高中聯考，他的好朋友都順利升學了，包括建宏也如願考上師大附中，而他一畢業，就脫下學生制服去工廠打工了。

他滿腔的熱血想幫父親改善家庭經濟，也給弟妹做一個好榜樣。

　　「師者，所以傳道、授業、解惑也。」當一位老師發現他的學生走在十字路口迷惘了，一定會為迷途的羔羊指點方向，有時當下並不覺得自己可以發揮多大的效果，只是盡職務之責而已，但一句鼓勵的話給予學生的影響力，有時卻有可能翻轉他的人生。

　　事實上，志輝後來半工半讀完成高中學業，工作兩年後考上國立大學，以都市遊俠之姿，回返校園；修完師大教育學程，之後參加教甄，才分發到這所濱海國中任教。他當初選擇走上教職，也是有感於老師對學生的影響是最直接、有幫助的；因為當年若不是陳老師對

杏壇浮世繪

他的不離不棄，或許他現在是完全不一樣的生命境況！

志輝國三成了班上的「問題學生」，從品學兼優變成憤世嫉俗的學生。他課業每況愈下，對學習也失去熱誠，因為他很快地知道自己在這升學班是異類，他和同學的談話格格不入。同學有寫不完的試卷，放學留校夜讀，周末下午也要留在學校溫書（當時周末還要上半天課）；而他厭倦考卷，他心裡嘲笑他們死讀書，他也不知道讀這些書對他生活有何意義。

他在校園閒晃、打球，等著畢業典禮到來，然後他從此就要離開學校，以國中學歷步入社會。他有些感傷，他內心真的感到迷惘，他不知道自己為什麼和同學有不一樣的待遇。他當然

不知道這是升學主義帶來對自我價值的貶低，也是日後台灣教改的一項重要改革目標。

　　國中一畢業他投入工作，父親因長子幫忙分攤家庭重擔而略感安慰。他來到異鄉這幾年，和妻子苦心孤詣的過日子，也揹了房貸和其他負債，生養五個兒女，除了志輝，都還年幼正在讀書，而生活艱困，餬一口飯吃都要耗盡他所有精力，無法讓志輝升學，這是他為人父親無法言喻的痛！

　　志輝第一次和父親表明想繼續念書是在九月，那時他的同學都回學校了。他小心翼翼地告訴父親：

「阿爸，之前學校老師告訴我，白天工作晚上也可以唸書的。我同學都開學了，我也想繼續念書，我不怕累。」

那天晚上，父子在客廳促膝長談，彷彿都為彼此在黑暗中找到一線光亮。那天晚上，志輝並沒有告訴父親，國中畢業典禮當天，陳老師還把他找來，在輔導室對他做最後的囑咐和勉勵：

「志輝，雖然你家環境不好，但你很優秀，一定要升學，要有文憑，因為未來一定是一個需要文憑競爭的社會。你要把眼光放遠一點，以後你的家庭環境一定會改善，但你若沒有繼續念書，到時你一定會後悔的。念早念晚沒有關係，你不用覺得丟臉，無論如何，要排

除萬難，一定要繼續念書……」

　　志輝想到此，眼眶溼潤了。他想到自己當時對人生的茫然，也曾懷疑自己是不是從此要在工廠工作一輩子，無法翻身？而在當時，誰能預料他會讀大學、當老師呢？但為人詬病的聯考，卻讓沒背景的他，可以憑藉自己的苦讀而翻轉人生！是啊，陳老師看重他，讓他沒理由看輕自己！如今事隔多年，沒想到現在自己也要幫助一群懵懂青澀的孩子升學，而且要讓他們明白，基測的成績單上PR值對升學的意義！

杏壇浮世繪

　　他環顧了校園四周的環境，深深吸了一口氣平復心情。沒錯，陳老師就是他的榜樣，也是他生命中的貴人！

二、聯考爭鯉躍，家計拒鹿鳴

三、泰緬孤軍裔，台灣忠貞師

第二次世界大戰結束後，迎來一波全球的「嬰兒潮」，戰後的重建以及嬰兒的大量誕生，一掃戰亂帶來人命死亡的悲慟與流離失所的創傷，人們從死亡的墳墓中走出來，一如蝴蝶破蛹重生，生活重新燃起了熱情與盼望。而台灣也有類似的現象，特別指在1946年到1964年出生的人，稱為「戰後嬰兒潮」。

戰後，台灣也從農業社會朝向工商業發展，而經濟水準逐漸提升之下，有些家長希望提高子女的學歷，於是國小畢業生「考初中」的人數愈來愈多，開始有了升學競爭的壓力。政府於是在1968年實施「九年國民義務教育」，當時國小畢業生從「考初中」到全面「進國中」就學，目的即在提升國民的素質和競爭力。隨著嬰兒潮的孩子長大，大量的學生

杏壇浮世繪

入學，結果造成「大校大班級」的學校結構。試想：一班動輒五十幾人的班級，老師可以顧好每一位學生嗎？加上升學錄取率偏低，升學主義不斷地煽火，各處補習班林立，各據山頭招攬學生，「升學」成為家庭社經背景好的學生往上爬升的墊腳石，但是對於促進整個社會上、下層級的流動，影響卻是有限的。

幾十年後，當台灣逐漸富裕、民主，家庭結構丕變，父母教育程度普遍提高，加上孩子生養得少，使社會大眾更重視下一代的教育品質了。因此，台灣教育改革的訴求，其中一項就是從大班大校落實為「小班小校」，因為「小而美」的學校，相信老師更能照顧好每一位同學。

梅英出生的年代就是在二戰後的嬰兒潮時期，她的父親打過仗，還是在泰緬邊境。她本來打算再教書三年，再帶完一屆學生就要退休，但今年暑假她卻申請調校了，讓她的老同事相當錯愕。

這是一所位於市區外圍的新學校，離她娘家不遠。學校的設計很現代化，大門進去的前庭呈現半圓形的大空間，取胸襟開闊、高瞻遠矚的意義。建築物有白色的圓型柱樑支撐，牆壁是磚紅色，教室間的動線流暢，還有空中花園及棟與棟之間的中庭花園、綠色走道；走進教室，教室的黑板、課桌椅都還散發著木頭的清香。

新學校有新氣象，這是梅英看中它的原

因。她雖是資深老師，又從市區的明星國中調來，但初來乍到新環境，免不了察言觀色一番，好歹「拜碼頭」，認識一下其他老師。

新學校的成立，即為了紓解大型學校學生過度飽和的現象，配合政策，一個年級不超過十班，而班級的學生人數也降到四十人左右，最大特色是老師學歷高、年輕化，工作積極又有使命感。

開學一個多月，梅英和辦公室的老師也熟悉多了。大部分老師是在學校首次招生就來到，自詡為元老級的老師，可是今年學校不過是招生第三年，還沒有畢業生，他們也多是初出茅廬的小子，即使是孔明般的人才，梅英還沒有放在心上。反倒是梅英的加入，為學校增

添了生力軍。

教務主任看過去也不過三十幾歲，笑時露出一排潔白的牙齒，她穿著淺灰色的套裝，在辦公室向梅英請益如何訂定有效的升學輔導方案。梅英在原來的明星國中也帶過幾屆的升學班，這方面她非常熟稔，談起話來犀利又有見地，語調鏗鏘有力，教務主任只能頻頻微笑點頭。

當她回到辦公室，辦公室的年輕老師也以看見「前輩」的態度回以尊敬的目光，唯有同時調來的春香老師略顯得矜持不笑，因為她在原學校也曾帶過美術班，也是經驗豐富的老師。她也是看中新學校的環境優良而調過來的。

同事們知道她剛從教務處回來，幾個人就靠過去聊天。一會兒，打開話匣子，梅英不免倚老賣老地說起她的過往經歷：

　　梅英和她的先生都是師範大學公費生，畢業後分發到同一所學校任教，相知相惜而組了家庭。談起她的兒子，她顯得非常驕傲，一路讀建中、醫學院畢業，等當兵回來，就可以去醫院上班了！而說到先生，她收起笑容，臉上閃過一抹無奈：

　　「台灣在十幾年前，經濟真是一片繁榮，當時投資股票沒有不賺錢的，真的是『台灣錢，淹腳目』。我先生被朋友慫恿，他就辭去教職，和朋友投資做生意、買房。剛開始，他真的做得很好，我們名下曾有數棟房地產。誰

知，後來台灣的經濟泡沫化，我們一夕之間累積了很多負債，最後房地產都賣了，只剩下現在自住的這一棟了。唉！說穿了就是一場繁華夢啊！」

　　同事們聽到梅英說兒子是準醫生，在尊敬之中增添了仰慕，又聽到她先生後來生意失敗負債累累，她獨自扛起家中經濟重擔，更流露出佩服之情。

　　春香老師也回憶起金融風暴期間，許多公司裁員、倒閉，影響了很多家庭的生計。當時她的一位學生家長，原本在公司當工程師，無預警被裁員，因此失業長達一年多，連帶影響孩子的生涯規畫啊！那孩子真的優秀，思辨能力強，後來他為了拿獎學金，只好選擇唸私中了。

聽到此，春香老師忍不住叉開話題：

「梅英老師，妳在原學校待這麼久了，又快要退休，為什麼調校啊？」

梅英是個真誠的人，她覺得這沒有什麼不好說的。

原來，梅英之前服務的學校換了一位新校長，新官上任三把火，他表達辦校理念是要「帶好每一位學生」，所以重視資源班學生的教學成果。而剛成立的資源班，多是該年級「低成就、高關懷」的學生混編成一班，老師都視為燙手山芋，避之唯恐不及。梅英想自己教書一輩子都奉獻給這所學校，早把學生當成

自己的孩子看待，現在自己既然有退休的打算，所以就自告奮勇接下這一班級。新校長當下表達對她高度的肯定與敬重，在其他老師面前誇口勉勵她，讓她覺得自己接下一個「任重道遠」的責任。但是每天和學生「追、趕、跑、跳、碰」，勞心勞力下來，她的班上仍有學生出了狀況，而事後校長翻臉比翻書還快，完全忘記了她的熱忱與初衷，甚至在校務會議上暗示她的班級經營不夠用心，彷彿她成了無法與時俱進的不適任老師了！

「唉，還不是互看不順眼，放學找人打架的事！氣的是，新校長只聽對方家長一面之詞，想息事寧人……這種事，一個碗是敲不響的！」梅英忿忿地説。

「我在那裏有許多老同事，相處很愉快的，應該是嚥不下這口氣，所以，就申請調校了！」她補充說明，表情似強顏歡笑。或許是沒想到教書一輩子，最後為了這點鳥事，離開服務多年的學校吧！

老師，是一個清苦的職業，有外人不知道的辛苦處。有人當老師，不過求一份生活的穩定與溫飽，但也有人把教職當作人生志業，懷著一份使命感！而校長更像是政客，了解時事趨向、人心好惡，站在人前像演戲，口說的都是好話，但不全是真心話！

或許這聊天的氣氛很融洽，春香老師也談了她在原學校帶美術班的經歷，與家長們過招互動的精采故事。在場的年輕老師們聽得津津

有味，佩珍當下覺得是「聽君一席話，勝讀十年書」，果真是受益良多，十分幸運！期間，梅英意外發現：春香老師和她都是雲南人，而且她們都是泰緬孤軍撤退到台灣的第二代！

「哈哈！沒想到這麼巧啊！這學校附近的雲南餐館不少，哪一天我們一起去打打牙祭，妳說呢？」梅英問。

「好啊！」春香老師也爽快地回答：「佩珍老師沒吃過吧？要不要也一起來嚐嚐滇菜？人多，可以多點幾道菜呀！」

「是啊！過橋米線、大薄片、椒麻雞、茭白炒草菇、冷拌豌豆粉……想到，我都流口水

了。」梅英笑著说。

佩珍和其他老師們聽到了，都覺得很新鮮，紛紛附和起來，於是大家相約在段考第二天結束後，一起去雲南小館聯誼一下。

四、杏壇浮世繪，苦海孤帆航

秀玲一早去市場買了菜，巡了一趟回家，隨手把青江菜、苦瓜放在水槽邊，鮭魚片放入冰箱，然後披上一件薄外套，走出家門。學校就在市場旁，這時間，上學的上學，上班的上班，校門口總是車水馬龍。可是學生進入校門，井然有序，馬沙主任像一位軍官威嚴地佇立在紅綠燈下，學生魚貫地從他旁邊經過。

「主任好。」學生朝氣蓬勃又有禮貌。

秀玲也和他打個招呼，拐個彎走向導師室，口中唱著：「山頂一個黑狗兄，伊是牧場的少爺……」

學校的牆磚斑駁，學生走進校門口首先看

杏壇浮世繪

到的是一尊孔子雕像，雕像下的基座有「周遊列國」和「杏壇教學」的畫像，基座上的孔子兩手作揖，腳下有橫幅「萬世師表」四字。老學校坐落在舊城區，四周是老舊社區，老舊社區外原本是一大片的稻田，阡陌縱橫，灌溉溝渠沿著小徑蜿蜒，但是數十年的物換星移，現在已是高樓林立，而林立的大樓外是交流道，那附近仍有許多新建案在進行著。

　　一個城市的地名，對偶爾路過或旅遊的人來說，只是冰冷的地理名詞，但對某些可以在該處訴說故事的人而言，它是心牽掛的地方，是有溫度的地方，是家的地方。一個城市的建築，以人來比喻，可分為老、中、青三代，秀玲的學校是屬於老人，但老人也曾有風華絕代的時候，在她風華時，四周沒有大樓，也沒有

交流道，只有望不盡的田疇和點綴其中的白鷺鷥，那時「她」正年輕，秀玲也正年輕。

　　進入導師室，她就忙碌起來。桌上已擺了全班的聯絡簿，她走出去叮嚀學生的晨間打掃，之後和學生一起到操場進行朝會，等學生回到教室上課，她再進入導師室，已過了一小時了。

　　導師室很長，按照年級分成三區，有六十多位老師在辦公，每人在座位上各有所忙，也各有所思，平時沒特別話題時很安靜，互不干擾，空氣中瀰漫一股凝結的氣氛。

　　秀玲旁邊的美育老師已請假三天了，她從

杏壇浮世繪

教學組長那裏才知道，美育小產在家休息。美
育結婚四年多，也曾流產過一次，原因可能是
體質關係，或許也和教學操勞有關。她是一位
溫婉的老師，所以她的班上有同學出言不遜頂
撞，常讓她很難過。好幾次看到她在導師室責
備學生，秀玲心裡不忍，很想開口訓斥學生，
但都忍下來。美育這次懷孕應該不到三個月，
所以她都看不出來，沒想到又流掉了！唉！

秀玲也沒有孩子，她晚婚，和先生過著
愜意的「頂客族」(DINK, Double Income, No
Kids)生活。她把先生當「大兒子」照顧，一個
有點帥又有點叛逆的孩子，兩人平日鬥鬥嘴，
但是床頭吵床尾和。只是這些年，台灣有很多
公司到對岸擴點，她的先生一年前也被公司派
去蘇州工作，這才使她覺得日子孤單，後悔沒

生個孩子陪伴。

　　不知是夫妻聚少離多的關係，秀玲有時也覺得疲乏，生活提不起勁，老覺得自己老了，身體多了許多病症。人的一生，生老病死是必經歷的，如同春夏秋冬一般，四季風貌如果懂得賞玩，老病死也就能以豁達心態看待，如同樹之長樹瘤，或樹之葉凋零罷了！

　　「唉！人怕是老了，嘴巴像馬桶臭，胃像沼澤地脹，腸像下水道洩，骨頭像儲藏室的生鏽鋤頭不靈活，真的到處都是毛病！」她自嘲地想著。雖說如此，但是一站上教室的講台，她馬上就神采奕奕，眼光逡巡全班一趟，開始認真地講解二元方程式了。

杏壇浮世繪

秀玲上課不習慣用麥克風，這是她這一輩老師的習慣，從年輕時剛剛教書就是如此。可是，兩個月前看了醫師，醫師說她聲帶長繭，應該是職業病，她聽完當下不知所措，前思後想了幾天，最後走去「全國電子」買了一支麥克風回家。其實，她也知道在教學現場，學生程度好的大概都有補習，補習班上課都「超前部署」，而程度不好的，上課像「鴨子聽雷」又不抄筆記，所以課堂上會認真聽課、記重點的，就寥寥可數了。但即使只有幾位同學眼神專注，這就值得她盡心盡力的講課了。

她記得有次綽號叫「維大力」的同學來和她聊天，她問他最近的新單元學會了嗎？他說：

「老師，我媽說我只要帳不要算錯，找錢

不要給錯，數學就及格了。」

哦，這是家長對孩子的期許嗎？維大力的媽媽就在菜市場擺攤賣蔬菜和水果，秀玲知道周末假日人潮多，這孩子會去市場幫忙叫賣。

還有一次更妙，另一位「胖虎」對她說：

「老師，我爸說國中生活要珍惜，每天要快樂去學校，要和老師、同學和睦相處，這樣就夠了。」

「為什麼呢？」秀玲好奇地問。

「因為我爸說，他會教我修理腳踏車，我

只要學會這技術，以後他會把店給我管理。」原來，胖虎的父親在廟口附近開一家捷安特自行車店，平日就人潮不斷，生意很好。

「確實，胖虎學習修車技術和如何經營好一家店，比學習好解方程式，來得更為適合。」秀玲並不會因為學生不愛數學，覺得氣餒。

「那你很喜歡修腳踏車喔？」秀玲問。

「還好啦！我媽說，那是做黑手，很辛苦的。她希望我學餐飲，以後去飯店當大廚師⋯⋯我知道她喜歡和我爸唱反調啦！」胖虎笑笑地回答。

我們不是常說：把人放在對的地方，他就會是個人才嗎？雖說如此，只是有多少人工作一輩子，真的覺得自己「放在對的地方」？有人年輕時和仰慕的老師學化學，覺得很有趣，等到出社會去藥廠工作，幾年下來發現化學藥劑其實很傷身，覺得走不對的路，悔不當初了。想一想，「放在對的地方」要怎麼定義呢？十幾歲的學生，他真的知道自己未來適合做什麼嗎？

　　導師的一天是忙不完的瑣碎事，除了教書之外，大部分時間在處理班上的事務。和以往不同，這幾年女學生有人留長髮了，裙子搭白色長襪穿的人也愈來愈少，而男同學也很少剃三分頭髮，學校在學生的服裝儀容管理上確實鬆綁許多了。導師室纖瘦的于君老師穿起套

杏壇浮世繪

裝、長靴，髮尾還染了色，整個人感覺起來就是氣場很強、霸氣十足，是學生眼中的女神老師！年輕老師的穿著打扮愈來愈花俏多樣，這其實還好，但是秀玲還是看不習慣女學生的髮式，總覺得她們走在校園裡搔首弄姿，還是以前「清湯掛麵」的樣子清純可愛！只是現在的教育政策是校園取消髮禁、體罰，許多老師還在適應手中沒有教鞭的上課方式，秀玲也只能告訴自己「睜一隻眼，閉一隻眼」了！但是這樣的情況，就表示學校的生活管理更「民主」了嗎？那麼，為什麼仍有學生私下抱怨學校像軍營呢？

　　同學之間的相處難免起爭執，就像牙齒偶爾也會咬到舌頭。有人形容導師帶班，像「母雞帶小雞」，但她並不這麼認為。當班上同學

有了紛爭，秀玲覺得像開車碰到塞車。平日是一路順暢上高速公路，可有時還沒上匝道就塞住了，這時只要稍待停留，前方的車陣問題解決，就可以前進了。譬如處理班上同學間的口舌之爭，稍微開導訓斥，就可以讓雙方「化干戈為玉帛」。但碰到高速公路塞車就慘了，因為通常路況出現較嚴重的事故，而且一塞不是一線道，會旁及其他三線道，同時遭受到池魚之殃！在車陣中龜行的你，焦慮之外還要擔心前方到底出了什麼事，同時還可以看到救援車輛從旁邊呼嘯而過，事故現場的警示燈閃爍不停。而這一等待，就要花好些時間才可以恢復平日行車的通暢了！遇到這等麻煩事，有時班上的同學事件牽拖到別班的同學，兩、三個班攪和在一起糾葛不清，嚴重時還要請馬沙主任支援才行，而班級經營因此閃起了警示燈，總

杏壇浮世繪

是讓她勞心費力、寢食難安好幾日！

　　就在午餐結束後的休息十分鐘，欣怡氣噗噗走了進來：

　　「老師，剛剛吃飯時，國豪故意在芸卉面前大口吃雞腿，而且還吃兩支雞腿！他明明知道芸卉吃素，這樣不尊重別人的行為，真讓人生氣！」

　　哦，一聽就是一個沒有同理心的同學，欠教訓了！而欣怡來替女同學伸張正義了！

　　不久，國豪走進導師室，秀玲問：

「你剛剛故意在芸卉面前大口吃雞腿嗎？」

方臉高額的國豪忍住笑點頭，窗外有兩位他的死黨也笑著。

「大家只有一支，你為什麼有兩支雞腿？」

「雅瑄説她不想吃雞腿，給我的。」國豪回答。

杏壇浮世繪

「所以你就故意在吃素的同學面前啃兩支雞腿，是不是？」她特別把「故意」兩字加重音量。

他笑不出來，秀玲沒好氣地追問：

「所以，你今天因為在吃素同學面前啃兩支雞腿，要被老師責罰嗎？」窗外同學都大笑出來了。

「老師，對不起，我不會再犯了。我會去向她道歉。」說完，國豪一溜煙跑了出去，這時午休的鐘聲剛好響起。

喧鬧的校園頓時一片寧靜，幾位糾察同學拿著計分表，巡視著各樓層的班級。

就在秀玲以為可以「中場休息」一下，這時兩三位老師匆匆跑了出去。不久，她聽到圍牆外有救護車鳴笛的聲音，由遠逐漸靠近。

發生什麼事了？這安靜的校園，突來的氣氛真詭異！

不久，教九年級（國三）的志輝老師從走廊走進來，他剛剛和幾位老師過去幫忙，是個熱心的新調校進來的老師。他喘口氣，然後輕鬆地說明剛剛發生的突發事件。原來，伊萍老師午休前，在教室處理某位同學考試作弊的事，過程中那位同學大聲和老師辯駁，似乎場面很僵持。這時，伊萍老師突然感到身體不舒服倒地不起，嚇壞了班上在場的同學。幾位老師聽到騷動跑過去幫忙，一會兒救護車來了，她被載往附近的醫院。據說，可能是血壓飆高，差點就小中風了。

老師來校上課，沒有一天不生點氣回家

的，但大家似乎在比誰的功力深，沒人把怒氣發洩出來（老師的情緒控管也是專業的一環，只要稍微不慎，可能隔天你就上報了）。運動其實是很棒的情緒宣洩方式，但並不是每個人都擅長打球或喜歡跑步，所以有些人只好把負面情緒壓抑下來，久而久之，身體健康亮起紅燈，就成了藥罐子，甚至洗腎、癌症纏身……

秀玲聽完志輝老師的說明，呆愣了一會兒，她突然想起前些時候醫師對她的叮嚀：

「妳聲帶長繭，應該讓喉嚨多休息，不要過度使用，否則情況惡化，到時可能要動個小手術……」

想到此，她不禁為自己嘆了一聲氣。

五、立委母護子，黑道父罩孩

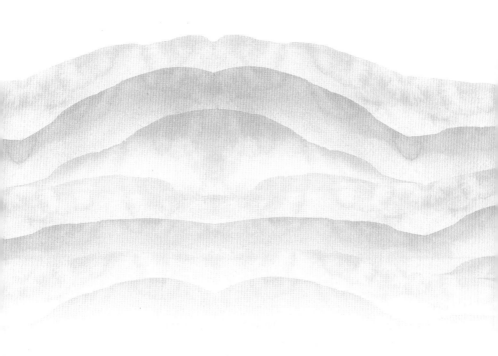

這天是個風和日麗的日子，陽光一早就露了臉，麻雀也在樹枝上吱吱喳喳、飛來飛去。操場跑道邊，兩天前就搭建的學生休息區，這時也顯得神采飛揚；校門口旁迎賓區的童軍結繩工程朝氣蓬勃，而在旁邊不遠處的救護站，也看到兩位校護走進走出忙個不停。

一天下來，司令台上的頒獎聲不時傳來，操場也有田賽和徑賽項目在進行著，場邊班級啦啦隊的加油聲此起彼落，像是永遠不會竭盡的「勁量電池」，而秀玲老師也在她的班上用「大聲公」大力助陣。同學吶喊著：

「一二三、三二一、大家努力奪第一……」。

「我比別人還認真，我比別人還打拼，嘿嘿……」。

這時，秀玲瞄了一眼隔壁班的美育老師，她正輕聲細語地和家長聊著天，家長將紙杯裝的飲料遞給學生，並拿起手機將美育老師和學生燦爛的笑容攝入回憶中。不久，秀玲班上也有一位家長搬來了兩箱「舒跑」飲料，她趕緊放下大聲公，去應酬家長。

一年一次的校慶運動會就在兵荒馬亂中進入尾聲，漫長的頒獎活動像蚊子聲嗡嗡響著，操場中央少數同學揮動著手臂，像驅趕蚊子般顯得煩躁；而倦鳥應該早已歸巢，天空只剩邊陲地帶淡淡的紅霞。

運動會總算結束，這時天空如灑水般飄下了細雨，操場仍有零星的學生在走動著或在打籃球，由籃球場望向田徑場，有一道彩虹悄悄出現在空中，彷彿在說：「大家辛苦了！」而一整天的熱情過後，有人帶著興奮，也有人帶著落寞走出校門。

　　美育回到了家，像洩了氣的球癱瘓在床上，她的先生凱智已經很熟悉這樣的狀況，識趣地在客廳看電視新聞。一小時後，她起床，生龍活虎地走向廚房，客廳的聲音轉大聲了，名嘴的高談闊論傳到她的耳邊。凱智走過來說：

　　「別弄了！我們去吃牛排，犒賞自己一下吧！」

　　十五分鐘的車程，他們進了「貴族世家」。周末，店裡幾乎坐滿饕客。

　　服務人員把滋滋作響的牛排端上桌，凱智三兩口就把烏龍麵吃掉，然後切了一小塊牛肉放入口中，軟嫩的肉配上店裡的醬汁，當下安撫了他的五臟廟，也安慰了他今天獨居在家的無聊。

　　美育滑著手機，她今天忙到沒時間看訊息。她手裡拿著最近話題性十足的觸控螢幕手機，當然這是凱智送給愛妻的禮物，因為她前不久懷孕卻小產，這事一直讓她耿耿於懷。她說：

「你看，我妹在部落格寫的美食文！」

她自顧自地又說：

「她嫁得好，不用工作，又吃美食，又寫部落格，還可以炫耀生活！」

「教書不好嗎？」凱智抬頭問。

美育不回答。

「妳嫁我不好嗎？」

「你啊，學理工的，木頭人，不解風情！」美育嘆氣，接著說：

「還記得張艾嘉的林鳳營鮮奶廣告嗎？氣質超棒的張艾嘉，喝了一口鮮奶說，『濃、醇、香的鮮奶，好像家裡養了一頭牛』，結果你說，『為了喝一口鮮奶，去養一頭母牛』？記不記得？」

「今天運動會，有事嗎？」凱智不想多加辯解，自顧自地轉移話題。

「嗯，早上開幕典禮，一位女立法委員上台亮相，說了很多有關教育的冠冕堂皇的話。她是隔壁班秀玲老師的家長。」

「哇！還有立法委員家長啊！那有沒有郭台銘啊？」他驚訝地說，又塞進一口肉。

「立委家長難搞，不好玩啊！」美育放下手機，也開始吃起她今天的第一頓正餐。

「難搞？是直升機型家長，還是恐龍型家長？」凱智好奇地問她。美育吃著美食，不想理他。

就美育所知，今天早上上台的立委家長的孩子並不好教，他早熟，對學校老師戒心很重。據說，和國小發生的事件有關。國小他的班上在選模範生，不知過程如何進行，只知道當時的導師讓另一位同學當選，後來他的母親盛氣凌人地去質問導師，為何不是她的孩子當模範生？這事件之後，這學生就不愛去上課，而且認為老師都是不公平的，對老師，尤其是導師，充滿敵意，算是「一竿子打翻一船人」

吧！而他進入國中的學習表現普通，和一般學生一樣喜歡打線上遊戲。

有一次，秀玲老師委屈地被請去教務處「喝咖啡」。原來這學生在英文月考時疑似偷翻書，被同學舉報，她依慣例通知家長，擬依校規處置。結果，母親打電話過來，一開始表達因工作繁忙，疏忽關心孩子的課業，接著說，她的孩子當時翻了一下抽屜，但不是看英文課本。進一步，她質疑導師事情沒有查清楚，對她的孩子有偏見，造成他心裡受傷害，在電話裡的語氣轉為強硬。

「最後，妳怎麼處理？」美育問。

「確實也沒有證據啊！舉報的同學後來也表示不確定有沒有翻書，但是他月考有小動作，引起同學懷疑是事實，所以就以此罰他寫一張悔過書，外加愛校服務了事。他的母親仍認為處罰太重了，溝通很久才願意接受！」秀玲老師無奈地回答。

　　其實，一般而言，會想舞弊的同學只是想「美化成績」，而這行為背後的動機，有時可能是為了自身面子或是為了給父母、老師一個交代；但美化成績，就是自欺欺人的行為，也讓考試有失公平，如果出社會，還牽涉到法律問題！

　　我們常說：「細漢偷挽匏，大漢偷牽牛。」糾正學生偏差行為，是學校很重要的一

杏壇浮世繪

個功能。只是教改以來，對校園管理也有很大變革，除了法律明定不可體罰學生之外，學校懲處學生也必須通知家長。每位家長對學校管教孩子的心態不同，有些家長信任老師，覺得孩子學教訓才會乖，所以樂觀其成；但有些家長卻總是站在對立面質疑老師，如因此提出申訴或者表達不滿，常使老師如驚弓之鳥，而選擇息事寧人了。

孩子，不應該像一塊瓷，一碰就怕它碎。

別忘了，「人非聖賢」。別忘了，國中生，是一群處在成長「狂飆期」的孩子啊！

多鼓勵少懲罰，這原則沒有問題，也對大

部分的同學有效果，可是教學現場總不能「只剩一張嘴」啊！學校如果成了「糖果屋」，學生是不是永遠待在童話世界裡？更何況，現在的學生還有網路的「虛擬世界」可以流連忘返，並不想待在童話世界中！

凱智手上拿了一盤水果和一杯咖啡，走了回來。水果放在美育前，他自己啜飲著咖啡。他出門習慣穿襯衫加西裝褲，鞋子則穿Nike運動鞋，穿搭很不協調，不過美育的穿著也很隨興，這點她倒不在意。

「等會兒順路去逛賣場。距離耶誕節還有一個多月，可是耶誕樹和裝飾品都在賣場擺上了，好有氣氛！好不好？」美育問。

杏壇浮世繪

「妳想做什麼？」

「班上這學期來了一位轉學生，似乎還沒融入班級，和大家打成一片，所以，想在班上營造溫馨的耶誕氣氛。」

「妳說會恐嚇老師的大哥級家長，那一位同學嗎？」

「嘿！沒有黑道大哥會到處跟人說他是『大哥』的啦！少亂說。」美育輕鬆回答。

這學期初，馬沙主任帶了一位轉學生到她的班上，是媽媽陪同來學校的。初次見面，美育親切地和母子打個招呼，孩子長得壯碩並且

溫和有禮，媽媽臉上顯得慌張。媽媽告訴美育孩子轉學倉促，她似乎沒和爸爸談妥，就逕自將孩子轉校；爸爸似乎是一位不好溝通的人，而孩子在之前的學校似乎發生過霸凌事件，所以匆促轉校。媽媽也表示，爸爸正在找孩子，會不會跑到學校來，她無法保證。

美育想：這是學生的家庭問題，她不會介入。她班上就是進來一位轉學生，首先要讓他適應新環境，能融入新班級一起學習一起生活罷了。所以，第二天她讓轉學生坐在後排空出的位子，並指派一位熱心的同學當校園嚮導，帶他熟悉環境。

美育注意到轉學生的態度低調，對班上同學存有戒心，但應該是一位溫暖的大男孩。或

杏壇浮世繪

許他話不多，也不愛出風頭，所以在班上很快就被同學「忽視」了。

親師座談會，媽媽表示當天爸爸也會來，這讓美育莫名緊張了好幾天。

當天，家長來了十幾位，親師互動熱絡。中途，媽媽和爸爸走了進來，美育只能形容，爸爸給人的印象就是「草根性」很強，而學生壯碩的體型是像爸爸。他進來後像「七爺、八爺出巡」，教室四處走來走去，看來看去，只說一句：我最後和導師聊，你們先說。

約莫又過了半小時，當其他家長陸續離去後，這時，爸爸不客氣地開口了：

「老師，我就直說了：我是混黑道的，我在台北做大事業。但是我愛我的兒子，他不可以染毒，接觸毒品。這學校是我老婆的母校，我剛才逛了校園，覺得還不錯。不過，如果讓我知道我的孩子在學校有人欺負他，我會派兩位小弟跟在他身邊，每天就站在妳的教室門口保護他，看誰敢欺負他！

老師，我說話算話。我的孩子不能碰毒品，誰敢欺負他，我一定會派小弟保護他的……」

美育第一次碰到這樣特別的家長，先是被驚嚇到，冷靜下來之後差一點笑出來。她告訴爸爸，學校的校園管理很嚴格，學生若有重大的紛爭，學校隨時和警察局的少年隊有聯繫，

家長不用擔心。她隨後把話題引向學生的學習
動機和生涯規劃，並詢問家長對孩子的升學有
什麼期待。之後，親師的互動很和諧地結束。

　　想到這裡，桌上的水果也吃得差不多了。
美育站起來，很滿足地偎向凱智說；

　　「走！我們去逛賣場！去買耶誕樹。」

六、勤學出黑馬，陪讀安親心

晚上六點五十分，學校的鐘聲響起。靠近校門口的九年級教室，有幾間教室的燈點亮了，有同學從門口走出，往廁所方向走去；有同學拿著水壺，到飲水機前裝水；也有同學只是在走廊吹吹風而已。這時夜幕已深，月亮八分滿，旁邊無雲。不知何時飄來一朵雲，天幕如舞台，月亮似燈光，大自然的戲悄悄上演著：一開始，這朵白雲幻化成一隻跳躍的羚羊，不久，雲又幻化成一隻非常顯像的狼頭，令人感受到一股神祕與敬畏的氣氛；之後，又幻化成雲峰、雲海，雲海慢慢變薄，然後把月亮遮蔽，彷彿戲劇謝幕，天暗了！

七點，鐘聲再度響起，在教室外的同學紛紛走進教室，然後同學把複習講義打開，安靜地看起書來。靠近邊角第一間教室，于君老師

杏壇浮世繪

坐在講台上，也把自己的書打開。

　　自從學生升上九年級的暑假，因著明年升學的考量，學生的讀書壓力就排山倒海地來了。首先在常態分班的九年級，將三個班分成一組，開學之後，經家長同意，有一部分同學留下來夜自習，直到升學的基測大考考完才結束。而自然地，三個班的導師就輪流在夜間陪讀，看顧學生的晚餐及晚自修秩序，直到八點四十分再次鐘響，學生陸續離開教室，負責督導的老師熄了教室的燈，才結束一天疲憊的工作。

　　除了九年級的幾間教室開著燈，整個校園是漆黑一片。草叢裡黃斑黑蟋蟀唧唧鳴叫著，少了白天班級裡傳出的麥克風聲，或下課同學

喧嘩的説話聲，這唧唧的蟲鳴更顯得寧靜。

　　當同學專注地寫作業或複習功課，于君也把自己的書打開了。她在閱讀傅柯(Michel Foucault)的《知識的考掘》一書，這是半個月後她要做的讀書報告。于君三十歲，還未婚，在學校附近和人分租房子，每天騎摩托車上班。她今年考上碩士在職專班，利用晚上到大學選課讀書，這是一堂研究西方現代文學理論的課程，每位研究生被指派做一本專書的讀書報告，而于君就是要報告傅柯的這本書。她這學期又是讀書又是帶九年級的班級，忙到真希望自己一天能有四十八小時可用！

杏壇浮世繪

　　這幾年學校一直在傳聞「教師專業評鑑」這件事，雖然「只聞樓梯響」，但在例行的學

科領域會議上，召集人就不斷強調要把「教學檔案」整理好：

「雖然我們還不知道確切實施的時間，以及要怎麼實施，但是這絕對是逃不掉的事。當教師評鑑來臨時，豐富完整的教學檔案就是你最好的保障。舉凡和教學有關、班級經營有關、學生的學習成果，甚至你的再進修學習，都是能呈現你的專業內涵。」

老師們聽見了都倍感壓力，如同學生聽到基測大考一樣！每隔一段時間，「教師評鑑」就被提起，搞得大家風聲鶴唳，人心惶惶。白天的教書工作已很辛苦，有些老師還有家庭要照顧，為了這個「評鑑」，提升專業內涵，還要想方設法去做進修！

而「教師專業評鑑」雖姍姍來遲，但還是大駕蒞臨了！于君花了半年時間準備研究所考試，當她考上碩士專班，以分享的心情告訴伊萍老師時，哪知進修這件事她早就提前部署好了！伊萍老師說，早在幾年前，她就和幾位有志一同的老師利用暑假到美國大學作進修了。

　　當下于君有些尷尬，也有些驚訝。

　　「可是，妳當時小孩不是應該才讀國小嗎？妳放得下心嗎？」于君問。

　　「不管！反正丟給老公。三餐，我婆婆會煮。」伊萍任性地回答，燙捲及肩的髮尾晃了一下。

為了「教師專業評鑑」這件事，伊萍老師花了四個暑假才拿到這張碩士文憑，不提對學生的學習是否有幫助，也不算總共花了多少學費、生活費，單單來來回回的飛機票就不知花了多少錢，硬說她是「拋夫棄子」去專業進修也不為過了！

大約七點四十左右，一位家長在教室窗口東張西望，于君放下書，走過去詢問她，原來有一位男同學的阿嬤過世了，母親焦急地要帶孩子回家。于君看著那位男同學紅著眼睛整理書包，然後匆匆忙忙地和母親一起離開了。

教室的空氣一時浮動起來，像有人搖晃泡沫紅茶，又像坐在遊艇上感受到海浪的波動；男同學走後，一切又恢復平靜。

夜自習不同於往昔的升學班，是以家長同意、學生自願為主，並且每位同學都可以申請入班，當然他們的入班考量也不一樣。就于君觀察，來夜自習的同學，以不上補習班的同學為多，也不需要督促他們學習，他們就可以自主學習，當然其中也有平時不努力，想「短打上壘」的同學！

于君逡巡了全班一趟，她看到坐在前排角落的彥志認真的背影。

杏壇浮世繪

彥志第一次的基測模擬考真是出乎大家意料之外，PR值是95，跌破她的眼鏡！

還記得他剛進國中時，一副小不點的樣子

和同學在走廊追逐，稚嫩的臉龐看不到學習的愁容，課本上也看不到他為成績拚搏的筆記痕跡，反倒是運動會時，他自告奮勇跑一千五百公尺的比賽，硬是得了第三名，讓她刮目相看。

進入八年級，自然領域的內容多了理化課程，許多同學開始感受到課業的艱難，可是彥志好像突然打開了學習的竅門，月考的班排名突飛猛進，不斷追上前面的同學。真像他跑「一千五」的樣子，跑到第四圈，別人慢慢地落後，他的步伐還是很穩健，甚至愈來愈快直到終點。他的個性陽光、積極，人緣好又有禮貌，只是文言文弱了一些；譬如學到岳飛的〈良馬對〉，生詞多，文意艱澀，他有些苦惱，但他課堂上有疑惑的地方會馬上問同學或

老師，追根究柢的讀書精神，真是令人讚賞，
為他豎起大拇指！

　　只是現在他要面對未知且勢在必得的升學
競賽，即使一般成年人也難免會忐忑不安的，
何況是才十五歲左右的學生，要面對他人生第
一次重要的學習轉捩點！所以除了彥志，夜自
習的教室裡還有許多同學秣馬厲兵，準備挑戰
明年的大考！

　　夜自習有兩節。過了八點十分，有些同學
慢慢撐不住了，真心想著家裡宵夜的美食，或
是躺在冷氣房床上的自在，好給一天疲憊的自
己大大充電一番；有人頭慢慢貼到桌面趴著，
有人手胡亂寫寫東西，似乎都在等著放學的鐘
聲響起。

杏壇浮世繪

于君注意到靠近教室後門的宜晴閉起了眼睛。

宜晴是勉為其難地留下來夜自習，這是她母親的要求。宜晴的父親常不在家，母親是護士，在醫院執大夜班。她長得清秀，課業也還不錯，但八年級時，因為父母常晚歸，照顧不及，她有在朋友家過夜不歸的紀錄，因此是輔導室關注的學生。這階段的孩子情竇初開，對異性朋友充滿好奇與遐想，這遠遠大於對課本求知的興趣，母親怕她交友不慎，所以要求她上夜自習。雖然是心不甘情不願地參加夜自習，但是因著夜間良好的讀書氣氛，沉澱了她白天的煩躁，使宜晴浮晃的心海慢慢平息下來。她明白讀書是為自己好，希望明年升學時能考上護專，以後也成為一名護士。

于君藉著再次逡巡全班，走到她座位前，她警覺地張開了眼。桌上只放著國文課本，旁邊一張白紙上還畫著少女漫畫。

　　「妳明天的功課都複習好了嗎？」于君輕聲地問她。

　　她點頭，眼神看似疲倦極了，像籠裡的小鳥極度想飛出校門。

　　好不容易鐘聲響起，同學們開始整理書包，她向于君説了一句「老師再見」，第一個衝出教室門口，幾乎近似快跑地走向校門。

　　于君回到講台，收拾起她的《知識的考

杏壇浮世繪

掘》，熄了教室的燈，也慢慢地走回導師室。
幾位陪讀的老師，拎起背包，拿起車鑰匙，也
匆匆走了。

　　不久，漆黑的校園，只剩警衛室一燈如
豆，旁邊的烏臼老樹，樹影搖曳。

七、新住民大器，台商子晚成

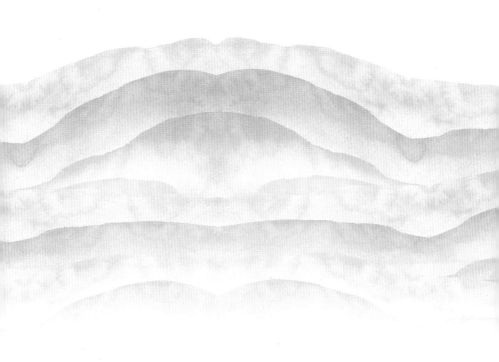

這是一棟六樓公寓，屋齡超過三十年，位在市場尾端；附近有一座公園，種了幾株台灣欒樹、洋紫荊樹和紅花緬梔，裡面有一個籃球場，場中有兩個籃框架，可以供住戶打球。公寓的樓梯很乾淨，每層樓都可以看到住家門口擺放鞋架，放了幾雙鞋子，有些住家門口還會貼著對聯，在樓梯轉角處放置半日照的盆栽。每層樓的住家只有兩戶，大部分是自住，所以彼此很熟悉，偶爾倒垃圾碰面了，也會打招呼，閒話家常。

公寓的五樓其中一戶出租了，屋主回花蓮享福，所以租給兩位年輕的小姐住。房子的客廳自然成了聯誼廳，旁邊是L型開放廚房。于君的套房是靠近客廳的第一間，另一位住在斜對角的套房，中間是浴室，拐個彎走到後陽台就

杏壇浮世繪

可以洗衣、曬衣。

于君的室友是另一位老師，涵儒，兩人年紀差不多，又在同所學校任職，所以就一起分租這間公寓了。于君來自南部，涵儒的老家在隔壁的鄉鎮，但因兩人成長的時空背景一樣，所以互動起來一點也不會不自在。

這時，于君走到廚房冰箱，拿了一罐水果酒，涵儒剛好從陽台曬衣處走進來。于君說：

「今天夜自習第一節時，妳的班上同學家長，祥泰的媽媽突然出現，匆匆把他帶回家，好像是家裡阿嬤過世了。」

「是喔！」涵儒露出驚訝表情：「謝謝妳。」

涵儒把剛洗好的頭髮用髮箍盤起，穿著休閒褲，就像一位鄰家的大姊姊。

「祥泰的媽媽很客氣，可是説話的腔調很特別……」

「哦，她是越南籍，嫁來台灣十幾年了。國語會聽會説，可是好像不太會寫……」

話題突然中斷，沒有繼續下去。然後，于君手拿著飲料，進了房間。涵儒也走到冰箱前，拿起一顆芭樂啃了一口，也走回房間。

隔天，祥泰請喪假，班上少了班長，涵儒好像少了一隻臂膀，她忙得一團亂！

對涵儒而言，班級經營遠比上課更具有挑戰性。一開始，她搞不懂班上的小團體是怎麼形成的。譬如開班會討論班級事項，當有熱心同學提方案時，台下同學一片默不作聲，甚至冷不防有人在座位上放冷槍，令她大為光火！幾回下來，她嗅覺變敏銳了，像偵查犬一樣聞得出來誰是團體中的「藏鏡人」，誰又是可以發揮正向影響力的「有力者」。

一開始，她讓課業一級棒的品萱當班長，帶領同學。可是品萱非常重視個人原則，雖然有些事她會妥協，但她常暗自生氣，班上常有一股凝結的冷空氣迴盪。這讓涵儒學習到要去

發現並欣賞每位同學的特質，然後把他們放在適合的地方。

帶班級如同下棋局，「世事如棋局局新」。有些同學像「車」，可以衝鋒陷陣，建功揚名；有些同學像「炮」，要給他支持點，也可以像「車」；有些同學像拐「馬」，挪去他的障礙，也可以像「車」；有些同學像小「卒」，過了河，有了自信，也可以像「車」；也有些同學像「仕」、「相」，捍衛本土，令人非常心安。

杏壇浮世繪

有一次，祥泰的媽媽突然出現在班級走廊，特地送音樂課的笛子給他。她以特別的口音喊著：

「祥泰，你的笛子啊！」

特殊腔調的聲音吸引了全班的同學，都望向窗口。祥泰靦腆地跑去拿笛子，還被媽媽數落了一番，然後他回頭笑著說：

「這是我媽媽，她來自越南。」

同學不知為何都大笑起來，然後下課圍著他聊天；涵儒看著，當下覺得自己也被上了一課。同學突然知道祥泰的媽媽是「外籍新娘」，哈哈大笑或許在掩飾當下的錯愕，但是下課後他們伸出友誼的手，接納與包容了他，這讓涵儒覺得非常感動，因為在成人的世界裡，非我同類的冷漠與排斥，更容易碰到！

到了下學期，重新改選幹部，祥泰就高票當了班長，而且一直當到九年級了。

他是一個誠懇、負責又有榮譽心的台灣之子！

過兩天，祥泰回學校上課了。一早就有幾位同學靠過去安慰他。他走過來向涵儒說：

「老師，我媽說，過幾天還要請一次喪假，因為那天我阿嬤要『出山』，我要去送殯……」他臉色顯得憂傷，好似不知如何去調適每天見面的阿嬤永遠離開了。

「OK！老師知道了。你這兩天沒來，同學

都很關心你哦！」涵儒傳達了同學的關懷之情，
她看著略顯茫然的祥泰，心情也不免難過。

「班長，等會鐘響，趕緊整隊帶同學到
活動中心，今天大家要聽有關生命教育的演
講。」涵儒叮嚀他。

「好的。」祥泰打起精神，恢復了平時的
活躍。

不久，她和于君走往活動中心，這時仍有
班級陸陸續續地進來，而涵儒的班級已在定點
安靜地坐著，顯得從容有序。之後，所有的師
生在活動中心聽了一場演講，由口足畫家現身
說法的勵志故事……

晚上，涵儒回到老家，因為這天是星期五；星期五如果沒有排到「夜自習」的班，她通常會回家吃一頓媽媽煮的家常菜，順便和爸爸聊聊天。而週末，她和朋友相約吃飯，還有其他事要忙，也就回租屋處了。

餐桌上有清燙的草蝦、市場買的茶鵝、快炒的肉絲高麗菜和豆腐味噌湯，香氣四溢，怎不把饞嘴的涵儒吸引回家！忙了一星期，她下班後就直奔家裡，回應美食對她的翹首期盼了！

她拿起一塊鵝肉放進嘴裡嚼著，頓時像暖和的春陽趕走寒冬，疲累感全消散殆盡。

「爸呢？」她隨口問。

「在妳金寶阿叔那裏，在餵妳阿公吃飯，差不多要回來了……」

這時，姪女曉軒也安靜地走到廚房，拿了碗筷，盛了一碗白飯吃。

「媽，曉軒回來三個多月了，這學期也過一半，她還習慣台灣的教育嗎？」涵儒問。

「我不清楚啦！妳大哥也有讓她去補習，第一次月考考了十二名，妳大哥說還在適應，她水準不只這樣。這次，考了第五名，她自己還是不滿意。」媽媽回答。

曉軒在台灣出生，滿月時爸媽接她回上海生活，逢年過節才回台探親。

　　她的爸爸，也就是涵儒的大哥，長她十五歲，在涵儒國中時就去上海當台商幹部了。當時志在他鄉的大哥和爸媽說：

　　「我命帶驛馬星，就是要去遠方才有發展，現在難得有這機會，我在公司爭取到外派上海，就相信你們的兒子，一定不會讓你們失望的。」

杏壇浮世繪

　　而他這一去，果然不久就娶了一位北方姑娘，還在上海郊區買了一間房，紮紮實實地過起日子。逢年過節回來，大哥帶妻女拜訪親

友，遊覽各地的山水名勝，看似很得意，可是涵儒知道他在上海工作很辛苦，加上兩岸情勢詭譎多變，增添了工作環境的不安定感。

「可是，非到必要，我還是不想離開上海，因為我人生的所有成就都在那裏。」有一次，大哥悄悄地對家人說。

2000年的總統大選，當時涵儒還是大學生，第一次投票，非常興奮。大哥剛好也排到休假，所以隻身回台投票。這次選舉很激烈，因為過去的一年剛發生921大地震，全台因地震造成屋倒路塌走山嚴重，滿目瘡痍遍地哀嚎，如同經歷一場殘酷的戰爭，死亡非常慘重。大家都在傳「人心思變」，選舉可能會出現「變天」。

涵儒記得當日投完票，還和大哥輕鬆去近郊爬了一趟山，再回來吃晚飯，看電視的開票結果。一開始大哥還很輕鬆有說有笑，等到大勢底定，他漸漸話少了，最後結果出來，意外由B黨的「阿匾」當選總統，台灣將面對首次的政權移轉……涵儒發現大哥整個人僵在電視螢幕前，一直盯著電視看，喊他也沒有反應！那震撼讓他無法相信：巨人會倒下，A黨真的失去政權了！

這次的政權移轉最後和平落幕，讓世人看見台灣的民主制度更加進步與成熟，而對年輕的學子而言，無疑是一個震撼教育，他們領悟到一件事，就是：沒有框架是不能打破的，沒有包袱是不能丟棄的，沒有傳統是不能質疑的；告別悲傷的二十世紀，迎接希望的二十一

世紀！有夢最美，希望相隨！

　　客廳播著氣象，東北季風增強，天氣要轉冷了！吃完晚餐，曉軒就上樓去。涵儒在客廳待了一會，就走去姪女的房間，她覺得幫助姪女的學習上軌道，是她不能推卸的責任。

　　曉軒在上海接受大陸的小學教育，是否回台上學，她的爸媽一直舉棋不定。這兩年民間教改團體開始在推動「十二年國民教育」，升學制度可說是瞬息萬變，過去是「聯考」，現在是「基測」，未來呢？是否會出現新的升學制度，沒有人說得準！曉軒長大了，亭亭玉立的小姑娘，再不回台，只怕以後更不認識自己的根了。諸多考量，她的爸媽最後讓她回台唸書，直到大學畢業。

曉軒挺喜歡這位姑姑，因為她時尚年輕，有一股知識份子的知性美，而且人挺容易親近。阿公阿嬤常說閩南話，她聽不太懂，也不太會講閩南話，所以沉默不語，其實她是一位挺有想法的小姑娘。

「曉軒，妳在台灣念書還習慣嗎？考試的作文要寫繁體字，一節課時間夠嗎？」眾所周知，大陸對岸是使用簡體字。

「姑姑，還可以啦，只是寫字偶爾還會出現一、兩個簡體字，我已經盡量避免使用它了。」曉軒回答。她桌上放了一堆講義，旁邊有一張全家出遊普陀山的照片。

「那注音符號呢？也還習慣嗎？」涵儒又問。當曉軒決定回台念書時，涵儒的大哥就先印了〈注音符號和漢語拼音對照表〉給她背了，這是因為對岸不使用注音符號拼音的緣故。

「這沒什麼，只是符號的替換而已，讀音和拼法都一樣，挺簡單的。」

涵儒聽見，稍微放心了。

「妳現在讀八年級，妳爸爸還讓妳補習，跟上進度。可是七年級的課程妳都沒學過，尤其自然領域的內容是生物科……」

「姑姑，我自己看了講義，其實生物科的

內容有些我也有學過，自學應該就可以了……」

「哇，真厲害！那社會領域七年級的內容是『認識台灣』，這部分妳應該都沒概念吧？」

「嗯，這部分要記的內容挺多。我會利用周末假日寫講義……姑姑，其實背科我覺得都沒問題的，而且小時候爸爸也帶我去很多地方旅遊，其實不會陌生的。」

曉軒說得很有自信，她的獨立與自學精神，確實是現在台灣學生比較缺乏的。

「那在學校和同學的相處呢？」

杏壇浮世繪

「我現在的班級，有一、兩位女同學挺厲害的，我的學習就向她們看齊，期末考看能不能考進前三名。我班上的男生挺幼稚，我常搞不懂他們在耍什麼，不過，不會覺得討厭啦！」

「哈哈！是哦！一堆屁孩、臭男生。」涵儒好像想到什麼有趣的事，笑了起來。

「阿嬤，剛剛說要妳下去吃水果，妳記得下來喔。」涵儒走出她的房間，短暫的交談，她了解姪女的學習現況似乎很不錯。這時，她突然想到班長祥泰，輕鬆地告訴自己：

「曉軒也是一位聰穎、勤學又有榮譽心的台灣之子喔。」

八、生日禮物秀，耶誕歡樂趴

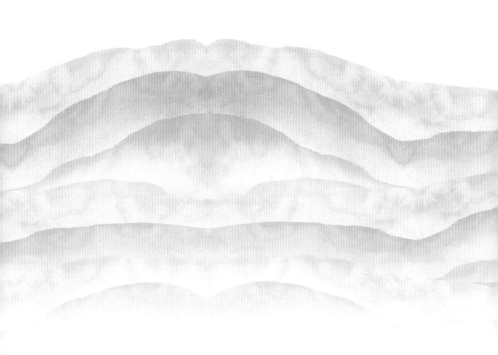

這天，佩珍特地下廚房弄了一餐。

　　佩珍結婚十八年了，是兩個孩子的媽，一個七年級，一個九年級，正處在彆扭的成長階段。她年輕時在郊區的一間新學校教書，但後來社會「少子化」的影響下，小學校招生不易，她成了超額老師被介聘到他校，沒想到因禍得福，反而進了市區的明星國中，和依萍老師成了鄰居兼同事了！她和先生喜歡戶外登山活動，也在一個環保團體當志工，有機會就帶孩子參加海邊淨灘、濕地生態體驗的活動，覺得是很有意義的事。她和先生也喜歡寒暑假帶孩子出國旅行，由於經濟因素的考量，大抵以日本、韓國、大陸、東南亞國家為主，周末假日也常到處遊覽名勝古蹟或各處吃吃美食……只是這樣重視家庭的凝聚，她家裡卻不過生日

杏壇浮世繪

也不過節日。

　　平日家裡不常開伙，她大多是下課後買四個便當回家，然後看冰箱裡有什麼食物，煮個熱湯將就，再切個水果擺盤，就是全家人聚在一起吃的一頓晚餐了。女兒玉婷讀九年級，她的學校多上了一堂輔導課，所以回到家大約七點。可能是課業壓力加上心理成長的變化，她現在吃飯不多話，往往嘴巴嚼著青菜，手上滑著手機。佩珍知道孩子書念得辛苦，也不多苛責她，大約半小時過後，她就回到房間用功去了。通常，還在看重播「海賊王」卡通的耀瑋，瞄到姊姊回房，也會把桌上的餐盒收拾乾淨，然後去洗澡了。

　　晚上，家裡氣氛寧靜，各人準備著明天

上班、上課的內容，然後就寢。佩珍還要廚房、曬衣間忙碌一陣子，總要拖過十一點，才可以卸下一身的疲憊去休息。隔天一早，因為要陪學生早自習，必須提早出門，所以她已經習慣六點前就起床梳洗了。經年累月下來，孩子的生日、夫妻的結婚紀念日，也就「歲月靜好」，悄然隨風逝去。

這天，佩珍特地下廚弄了一餐。因著白天，曉惠的母親買了大大的生日蛋糕，送來班上為曉惠慶生。

事出突然，約近中午時刻，外送的蛋糕就送到班上，全班一陣驚呼聲，導師自然成為曉惠生日秀的主持人。她請同學關了燈，點上蠟燭，曉惠從前門走進來，站上講台，隨後大

家合唱起「生日快樂歌」，祝福壽星。這時，座位間好幾位同學走了出來，送曉惠生日卡和生日禮物。平日愛鬥嘴的男同學，這時略顯靦腆，給了卡片就衝下來，有人還撞歪了桌子；女同學除了送卡片還有生日禮物，有的同學還熱情擁抱她，謝謝她請的生日蛋糕(其實應該是媽媽請的)。曉惠是個懂人情又大方的同學，這時開心地接受好朋友的禮物和祝福，她切了「黑森林蛋糕」，並把第一塊送到佩珍手上。

班級氣氛如此融洽，佩珍心裡不免感動。但與此溫馨時刻的同時，突然自己的女兒、兒子和先生的臉浮現在眼前，因為家裡不知從何時開始，已經好多年不過生日了！有一瞬間，那油然升起的情緒，使她呼吸窘迫，她不知如何形容，這是愧疚嗎？

為了平復略感焦躁和愧疚的心情，所以
出了校門，她立刻到黃昏市場買了雞肉塊、馬
鈴薯、胡蘿蔔和蔬菜，然後回到家也沒喘息一
下，打開水龍頭，嘩啦啦洗了食材，煮了一鍋
咖哩雞肉，也快炒了一大盤番茄炒蛋和吻仔魚
菠菜，豐豐富富地擺上桌。

　　她的先生和兒子耀瑋先後到家，看了桌
子，耀瑋說：

　　「唉，今天沒買便當啊？」隨即碗裡裝了
滿滿食物，走向客廳，看起卡通「海賊王」，
一如往常。

　　不久，玉婷也回到家，綁了一天的馬尾

頭髮，髮絲有些凌亂。她放下書包，走到餐桌前，以銅鈴一般清脆的聲音說：

「媽，今天什麼節日嗎？哇！咖哩雞！今天的菜都是我愛吃的耶！」盛了滿滿一碗飯，她也走向客廳，坐到弟弟旁邊。今天的客廳，除了魯夫、索隆、香吉士、娜美、羅賓和喬巴等海賊團成員的冒險故事，還多了些愉快的交談聲。

可是一時的興起，繞去買菜又做晚餐，她今天已經超過十二個小時沒有休息了；當孩子各回房間，先生拎著垃圾袋走出去，她的疲累感又襲上來了，眼淚不爭氣的滾下來！

職業婦女，工作和家庭像蠟燭兩頭燒，想要樣樣做到好、做到滿，唉！何苦啊！只是今天中午學生的慶生活動非常溫馨歡樂，那突然升起的愧疚感，彷彿是內心的一種自我控訴：妳工作不是希望讓家庭有更好的生活品質嗎？可是，妳白天盡心盡力地照顧學生的課業與生活，回到家卻對自己的孩子失去了耐心與愛心，缺少了親子互動與關懷，難道不是本末倒置了嗎？孩子長大會不會對妳心懷怨懟呢？會不會因為沒有為他們慶生，認為媽媽的愛不如別人的呢？

　　人生這條路，我們常不自覺一直在趕路，如同攀繩爬山，山愈陡愈有挑戰性，爬到三角點也愈有成就感，但沿途風景呢？等到你想回頭照看兒女時，他們不知不覺中已長大，而且

走往另一條路，做著和你相同的攀繩爬山的事；又或者，等到你想反哺親恩，父母不知不覺中也老逝，或病痛纏身，慈愛不復！在歲月的催促下，你也意識到自己青春流去，風華不再！有多少人願意讓花白頭髮留在頭上，見證生命的風采？讓臉上的皺紋恣意橫生，見證生命的風華？

每天的工作與壓力，加上長期的睡眠不足，也使得佩珍容易疲累、感冒，常覺得力不從心。好幾次的隆冬夜晚，她突然肚子絞痛，上吐下瀉，可是天一亮，她打起精神又去學校，只因為有太多牽絆，讓她不願請病假休息啊！

曉惠在班上分享生日蛋糕的事，第二天不脛而走，整棟教學大樓就傳開來了。隔沒幾天，

隔壁班也唱起「生日快樂」的歌，不久，這就成為同學間有默契可以自辦的班級活動了。

　　不知從什麼時候開始，台灣逢節日總有許多「特定的」活動。譬如中秋節，不是家人聚在一起，說著嫦娥奔月、看著月兔擣藥、吃著甜甜月餅、感受著「月圓人團圓」的傳統節日嗎？現在在台灣，各地的家人仍然會在中秋節從四面八方趕回來團聚，只是對「嫦娥奔月」的神話早已嗤之以鼻，所以當天就成了歡愉的「烤肉家聚」啦。到了農曆八月十五、十六兩天，公園、庭院、走廊都有人在烤肉，肉片、雞翅、蝦子、蛤蜊、牡蠣、甜不辣、玉米、青椒……擺放在烤架兩側，香味在百公尺外都聞得到；電視上也不斷打著「一家烤肉萬家香」的烤肉醬廣告，而超市賣場人員也忙著添加相

杏壇浮世繪

關物品上架，趁機大賺一筆。

有人會說，這樣過中秋節並不環保啊！沒錯，不過那時「全球暖化」的議題還很冷門，碳足跡、碳排的觀念也還有待推廣。但佩珍家本來就沒在過節日，所以也沒有吃烤肉這回事。

又譬如聖誕節，這相當於許多歐美國家的團圓節日，亞洲年輕人也跟著風潮在過，台灣也是。他們買了聖誕卡片送給好朋友，聖誕夜相約一起吃飯，只差沒有準備香噴噴的火雞大餐，而他們可能不認識聖子，當然也不管家裡是不是拿香拜天公！同樣地，走進各家百貨商場，店裡都會把裝飾好的聖誕樹擺在最顯眼的地方，服務人員如果沒有穿戴聖誕老人的服裝，至少也會戴頂聖誕帽在櫃檯處招呼客人。

總而言之，不看招牌文字，你會以為自己身在國外，而且櫥窗外面還下著皚皚白雪呢！

　　所以進入十二月，冷冷的初冬校園，辦公室的老師們也開始盤算起來：怎麼在二十四日的「聖誕夜」當天，來一堂結合節日特色的課程內容？而在班級經營上，似乎不能免俗地要辦一個「交換禮物」的活動，因為別班有辦，倘若你的班級沒辦，接下來的幾天，你會看到同學哀怨的眼神或不滿的神情……總之，十二月的校園充滿聖誕節歡樂溫馨的氣氛，平時劍拔弩張的人際互動也會暫時消退不見！

　　佩珍帶班一定會辦「交換禮物」。但幾次下來，她發現學生不是只有在班上交換禮物，私下小群體也會交換禮物，若去補習班也會有

交換禮物！她覺得在台灣的聖誕節，完全不是西方人的宗教、文化意涵，而是充滿商業的行銷手段，讓人覺得浮誇、覺得虛空，像綠和尚鸚鵡學人說話一樣！

但在兩個禮拜前，佩珍就向同學宣布要辦「交換禮物」了，有同學還面露難色，一直問禮物的價錢要多少？

二十四日當天，教室置物間、地上堆滿了同學包裝漂亮的禮物，教室四周和窗戶間也掛著許多聖誕節的飾品。同學一整天按耐著性子上課，但言談間仍顯得興奮無比，他們猜著包裝紙內是什麼禮物？會抽到誰的禮物？誰會抽到自己的禮物？

佩珍在最後一節課才開始「交換禮物」的活動。她先詢問同學，大家同意讓平時講話幽默的大寶和開心果二寶出來主持。只見他們倆人戴著聖誕老人的紅帽走上講台，台下的同學已笑成一堆了。搞笑了一會兒，大寶開口說了一個網路笑話：

聖誕節早上，我去早餐店買早餐。

我說：老闆，給我一份燒餅油條。

老闆說：我們只有「聖誕餅」。

我說：哇！聖誕餅，這麼應景喔！長什麼樣子？

杏壇浮世繪

老闆說：這裡有照片！你太晚來了，只剩蛋餅！

我說：好，那就蛋餅吧！再一杯冰豆漿。

老闆說：要不要「歡樂的」？

我說：歡樂的豆漿？是聖誕節新產品嗎？

老闆說：冰的賣完了，要不要換熱的？

我說：原來如此啊！

台下同學哈哈大笑，佩珍站在後頭，拿著手機拍照，聽到這裡，也莞爾一笑。

開心果二寶不甘人後，接著大聲說：「今天的交換禮物，裡面也有導師的禮物喔，不知哪位同學是今天的幸運者？」接著，他露出緊張的表情，從箱子抽出一位同學：「七號！」七號的俊仁扭捏地上台，手往禮物的籤筒伸了進去，二寶大喊：「是二十四號禮物。」同學彼此互相瞄了一眼，這是誰送的禮物啊？俊仁從大寶手中接過禮物，這個禮物很大包，他很開心地走下台，便迫不及待地打開它，原來是一盒「喜年來蛋捲」。旁邊的同學哈哈大笑，而俊仁難掩失望的神情，他感受不到聖誕老人眷顧著他。

同學陸續上台抽禮物，台下此起彼落的打開包裝紙的聲音，這時有人表情驚喜，有人不動聲色，有人一看到禮物就轉送給別人，教室

杏壇浮世繪

慢慢騷動起來。

　　害羞的佳蓉跑來佩珍身旁，輕聲細語地說：「老師，我抽到您的禮物，真高興，我真幸運！」那是佩珍到書局買的一個聖誕節應景物品：圓的玻璃外型，裡面是飄著雪花的北國風景，感覺很浪漫。看來，佳蓉很喜歡它。而佩珍抽到一位男同學的保溫瓶，紙盒上面還有「XX企業贈」的印刷，應該都還沒拆封過。

　　這時，老實的翔祐跑過來訴苦：

　　「老師，兆賓真過份！」

　　「怎麼了？你的禮物不好嗎？」

佩珍看到他手上拿的是一隻紅色小豬公。
翔祐說：

「裡面全是一塊錢！我去向他理論，要和他換禮物，他卻不肯！」

「沒關係，你可以拿到銀行去換錢，老師家的豬公都這麼做的，說不定你還賺到了喔！」佩珍安慰他。

說著，她望向兆賓，看見他在那裏傻笑，而明顯地他利用交換禮物捉弄了同學！她眼神環顧全班一趟，有人抽到毛絨小娃娃、金沙巧克力、新貴派餅乾、文具用品，還有新潮的耳機等；因著這個活動，同學難得輕鬆地交談

杏壇浮世繪

著，連平時被冷落一旁的怡馨，原本僵硬的嘴角也揚起，泛起溫柔的微笑……

就在大家聊得興致正濃厚時，放學的鐘聲響起，同學只好各自走回座位。佩珍交待一下作業，叮嚀大家放學注意安全，然後同學互道：「聖誕快樂！」便拿起各自的禮物，三三兩兩愉快地走出教室。

九、過兒頻偷竊，亞斯反霸凌

志輝和美雲一前一後從圖書館的閱覽室走出來，每人手上拿著厚厚一疊的升學資料：有「超額比序的表格」、「升學學校的落點預測表」和學生的「會考成績單」等。在「基測」升學考試實施十三年後，隨著環境的日新月異，社會大眾對教育改革的熱切期待，政府進一步推動「十二年國民基本教育」，實施「免試入學」方案，所以九年級學生的升學管道變得更多元，有推甄、登記和特色招生等，希望可以藉此破除明星高中的迷思，以及提升高職教育的品質與就學意願。但考量教學品質，所以九年級學生仍要參加「教育會考」，成績以「A精熟」、「B基礎」和「C待加強」加上七標示(A++、A+、A、B++、B+、B、C)來呈現，用以了解學生的學習成效及適性輔導學生升學。

基測實施後為人詬病的其中一點，在於凸顯了城鄉教育的差距！它不僅讓偏鄉缺乏資源的孩子，學習上得不到肯定與成就，也讓在偏鄉教學的老師感到挫敗與羞愧，是升學主義下前段班和後段班的還魂！所以十三年的基測升學考試，就在台灣教改不斷追求更完善與公平多元的理念下，悄然退場，不再被人追憶了。

當學生拿到會考成績單之後，就可以根據自己的生涯規劃選擇適合的管道升學。以多數學生選擇的登記入學而言，如果申請入該校的學生人數，超過該學校公告的招生名額時，就要以「超額比序」的積分順序來分發。超額比序的項目有：學生的志工服務時數、獎懲的支數、當任幹部次數、參加校外比賽的獎狀……等，這些項目換算成積分，共六十七分，而這

時會考成績換算成積分只有三十三分，只占比
序總積分的三分之一而已。

　　新的升學制度似乎複雜多了，所以班級導
師為了「超額比序」的六十七分，當學生剛進
入新校園時，就開始耳提面命，叮嚀學生盡速
完成其中的項目。可是，做志工不是學生志願
去做的嗎？為什麼也必須老師督促呢？這是師
生共同的疑問。學生呢？志在前三志願學校的
學生，對於超額比序早在補習班就聽得耳朵長
繭了；而父母照顧不及的學生，仍是每天迷惘
地來學校，什麼比序項目與他何干？反正十二
年國教加上少子化，他們一定有學校可念！

　　美雲抱著資料，心裡盤算著班上學生的超
額比序分數，不知不覺進了導師室。她戴著一

杏壇浮世繪

副變焦眼鏡，仍是俐落地綁著馬尾，只是鬢角有幾根髮絲閃著銀白色的光，藏也藏不住了。

志輝也笑嘻嘻走進來，聲音宏亮地對她說：

「美雲老師，我以為我班上的過動兒會是5C，沒想到還有兩個B，應該是運氣好猜題猜中吧。哈哈！」

志輝說的過動兒是阿杰，他九年級從菲律賓又轉回原班來，是學務處的常客。

阿杰長得胖胖的，臉圓滾滾像卡通「麵包超人」，耳垂厚，手掌厚，但眼睛小，鼻樑塌，個性慷慨豪爽。他在校園喜歡交朋友、打球，聽說常買零食分同學吃，但他球技並不

好，只因為慷慨分享零食，大家才勉強和他一起打球。可是一進入教室，他似乎有「上課焦慮症」，不是趴下，就是回頭動個不停，有時上課一半，他會突然站起來走到後面丟垃圾，搞得同學無法專心上課。

他常在晨間或午休被志輝留下訓話或做生活輔導，也常因為和學長起衝突被叫到學務處，然後姑姑來到學校了解情況，只是阿杰的爸爸和媽媽從來沒有出現過。

之後，阿杰就習慣性翹課。

志輝和輔導主任一起做家庭訪問。阿杰住阿公家，三層樓獨棟的農家，家裡還有大伯一

家人和一位姑姑。阿杰原本家庭小康，但小學四年級時，父親創業失敗，父母常爭吵，之後母親拿起護照，說要到菲律賓做生意，然後一去就很少回來了。

照顧阿杰和弟弟生活的重擔，就落在阿公和阿嬤身上。阿公是務實的莊稼人，在他眼中，阿杰健壯的像一頭牛，除了不愛去學校上課。輔導主任懷疑阿杰可能有過動和學習障礙，建議給阿杰做一項特殊教育的鑑定，如果是的話，在學習上還可以得到特教資源的幫助……聽到此，阿公站起來，很不屑地拒絕這建議，他表示阿杰的弟弟成績很優秀，阿杰也很聰明，只是對念書沒有興趣罷了！

志輝知道他無法整天坐在教室裡，有時

會叫阿杰到導師室寫功課，有時會給他一些勞動筋骨的事做。這時的阿杰顯得輕鬆愉快，還會和志輝侃侃而談。阿杰的「九九乘法表」背不完整，二十六個英文字母也寫不出來；他的專注力不夠，寫國字十分鐘之後，會顯得不耐煩，念書也常常會念錯行；但談起學校生活，他倒是很精明，誰對他好，誰嘲弄他，他都心知肚明。

他仍常常翹課，從網咖被少年隊帶回來。

在七年級下學期時，志輝班上發生了一件事：陸陸續續有同學說錢包裡的錢不見了，從幾十塊到上百塊都有，班上因此籠罩在互相猜疑的氛圍中。那一陣子，志輝加強「錢不露白」的觀念宣導，也要同學將貴重物品隨身攜

帶，並強調校規的懲處，但班上還是不時有同
學的錢會不翼而飛！

直到有一天，導師室的老師收的書款也短
缺不見，而且是一筆鉅款！一陣翻箱倒櫃尋找
之後，學校調出走廊的監視器影片查看，原來
是一個胖胖的學生身影混入導師室！瞬間看到
那熟悉的身影，志輝先是羞愧難堪，隨之怒火
中燒，他內心難過到想找個無人的地方大喊大
叫，覺得自己真是失敗透了！

當天下班，志輝打電話告訴老婆晚點回
家，然後他開車上北一高，一路駛往東北角海
岸，來到深澳漁港的象鼻岩步道，坐在岸邊看
海景發呆，坐了一個晚上，然後才舒暢地開車
回家。

「你可以告訴老師，你為什麼一直要偷錢嗎？你沒有零用錢嗎？」志輝關心地問。

「老師，對不起！我來學校就會一直想吃零食，看到同學的錢，就偷去買零食吃。後來，每隔一段時間，我就會覺得心癢癢的，就會想偷錢……我知道錯了！」阿杰貌似無辜地說。

班上掉錢的事，總算落幕。因此事，各層樓教室走廊的盡頭，也裝起了監視器了。

杏壇浮世繪

姑姑來學校了解懲處的事。她看起來不到四十歲，身形消瘦，説起話來輕聲細語，從阿杰的媽媽離去後，一直是她在關心侄兒的學校

生活。她顯得很無奈，並表示自己快要結婚，
也已經在台中找到新的工作，以後無法再照顧
阿杰了。

　　七下的期末考考完，沒想到阿杰轉學了。
阿公的說法是：阿杰的媽媽知道他闖禍，很擔
心他，所以回來把阿杰帶去菲律賓了。阿杰願
意嗎？那天，他打包行李，知道要坐飛機，要
和媽媽一起去菲律賓生活，圓圓的臉笑得像彌
勒佛一樣，非常得意。

　　就在大家逐漸遺忘這個人、這些事，忙著
志工時數夠不夠、幹部分數夠不夠、獎懲支數
夠不夠，忙著學科模擬考有沒有達到「A精熟」
時－－阿杰又出現了，帶著憨憨的笑容，像隻法
國鬥牛犬出現在校園裡。志輝只好收留他了！

「2B3C啊！那他超額比序沒問題嗎？」美雲問。

「哈！他又不去搶前三志願的學校！不過，這學期他有乖乖銷過，也做了很多整理校園環境的工作，志工時數是沒問題啦。」

「他應該不會讀普通科吧？聽說他弟弟在七年級某班，成績很優秀啊！」

「國中撐三年，夠了啦！我上次問他，他說想讀資訊科，這傻小子！可是只要有心加上有興趣，去哪裡念都有學習的機會啦！」志輝回答著，當下似乎觸動到久遠的一個熟悉情感，這時說話的語氣像是一位慈祥的父親。

也對！條條道路通羅馬！十二年國教不是強調「適性揚才」、「成就每一位孩子」嗎？更何況有些孩子念書開竅得比較晚，換個學習環境，像植物栽到適合的土壤，難保不會長成枝葉茂盛的大樹呢！而且，很多國中階段表現普通的學生，學了有興趣的職科，之後都大放異彩呢！

美雲這一屆的學生成績還不錯，5A有五位同學，其他人也都考在理想的範圍內。她看到成績表的最下方，秋伶也是2B3C，國文和社會達「基礎」，英語、數學和自然是「待加強」。

秋伶剛進入國中，來到班上的第一天，美雲就注意到她了。以新生女同學而言，她的身

材很壯碩，臉上沒有表情，穿著運動服，還把冬天的厚外套穿在身上。美雲以為她害羞，所以走過去問她外套要不要脫下，但她眼睛看著桌面，搖頭說「不要」。

而這樣的外套裝扮，她竟然一穿就是三年，不管四季的遞嬗，不管同學背後怎麼說，她就是不脫外套。美雲也發現她下課不會主動和同學聊天，只是呆呆坐在椅子上，後來班上某科老師建議：秋伶似乎有些亞斯特質，她的學習也有些遲緩，要不要建議家長做個特教的鑑定？

不久，美雲發現這學生雖然在班上沉默寡言，但在聯絡簿上寫的日記，卻非常順暢且有自我想法，只是常重複寫相同的內容：如福

利社的肉包子好吃、營養午餐很好吃、昨天晚餐吃什麼泡麵，還有哪一堂課老師說的話很白目、哪一位同學她不想理她等。應該是八月八日「88節」時，秋伶曾在聯絡簿上自述：她討厭爸爸，怨恨爸爸，因為他一喝酒就會打她、罵她、嘲笑她，所以她國小時爸爸意外去世，她並沒有哭泣，也沒有掉眼淚。直到現在，每次只要想到爸爸，她仍是憤恨地想：為什麼爸爸要打我、欺負我？……

秋伶和媽媽兩人相依為命，但媽媽並沒有穩定的工作，母女兩人是靠親戚的資助而生活。秋伶是輔導室所認輔的學生，有輔導老師做一對一的諮商，她也是經濟弱勢的學生，有申請營養午餐等各項費用的補助。

除了學習落後，當課堂上分小組作競賽，秋伶也是小組的「豬隊友」，拖累成績的人。有同學冷言嘲諷她，她像班上的一尊雕像，沒有感覺。

八年級開始，秋伶上學常遲到，美雲擔心她會中輟學業。

有一天，她把秋伶找來，私下和她約法三章：只要妳一個月遲到不超過三次，老師就給妳「進步獎」鼓勵妳，像其他同學一樣，進步獎有一個紅包喔！

真的？只要不遲到就有進步獎？這太容易得到了！秋伶眼光狐疑，但她沒有表示接不接

受這個約定。

　　一個月後，美雲開心地給了她一個「進步獎」，她仍然是面無表情，但聯絡簿又開始認真地寫起日記了。而這個約定也一直持續到現在。

　　秋伶喜歡畫畫。她畫的漫畫人物線條非常柔美細膩，她用色很大膽，喜歡使用紅、黃、橙、綠的顏色，因這特點，下課吸引一些女同學靠近；得到幾位同學真心的讚美，她畫得更專注了。她交不出上課要求的功課，但抽屜裡都是她的漫畫作品。她真的把教室當作自己的畫室了，下課不停地畫！

美雲知道她曾是家暴兒，內心有很多創傷，對現實也有很多不滿，所以讓她寫、讓她畫，作為一種自我療傷的出口。不過，她要求秋伶要和其他同學一樣完成志工時數，也要把過銷完，順利畢業。當然，班上的輔導老師也定期約她聊天；秋伶私下很會聊天，也很高興有老師聽她說心事，更高興和其他學生，參加輔導室辦的校外參觀或體驗活動，這使她覺得自己被看重了。

　　有一天上體育課，同學在操場打球，秋伶一個人在球場旁踱步。Ａ女、Ｂ女兩個人拿著籃球走過來，秋伶不想理她們而走開。Ａ女又走過來，用球碰她一下，像貓科動物在玩弄獵物一般，想看她的反應。天空如此熱情開朗，場上打球的同學拿球跳起灌籃，似乎要把模擬考的

杏壇浮世繪

壓力一舉摜掉……這時，秋伶像突然想到什麼委屈事，放聲大哭起來，然後生氣地跑到學務處告狀，說二女霸凌她。

這個出乎意外的大膽舉動，嚇到二女了，她們被叫到學務處。永哥主任坐在座位上看公文，座位後面排滿了榮譽獎座或獎章，生教組長雙手插在腰間注視著她們，她們慌張地辯稱是籃球不小心掉了，是不小心碰到秋伶，以後不會再犯了！

美雲也匆匆進教室了解狀況，請所有同學坐好。她了解事情的前因後果之後，訓斥了兩位女同學，並重提「友善的校園環境」和「拒絕校園霸凌」等口號。說完，她看了秋伶一眼，秋伶仍穿著厚外套，低頭畫她的漫畫人

物，似乎這起紛爭和她無關一樣。

這起事件，學務處後來還把二女的家長請來學校，研議校規處罰。這事讓美雲印象很深刻，因為她實在不知道秋伶是真傻還是裝傻！

想到這，美雲將所有升學資料整理好，下一堂課她就會到班上發下會考成績單，接下來同學就可以根據超額比序的積分來填寫志願學校了。美雲班上的同學大部分會選填普通科，而她也知道秋伶的第一志願是「設計科」。她喜歡畫畫，而且畫得很有特色，這應該也算是「適性揚才」吧！

人生，我們常不知道為什麼會遭遇苦難，

杏壇浮世繪

思索著苦難有何意義。人生，如果沒有苦難，我們會長成怎樣的一個人？會因此更喜歡自己嗎？世間如果百般和諧，豈不是不需要法律或道德勸說，人人都是賢者聖人了嗎？苦難來臨，或許像是過濾器，可以「煉淨我們的渣滓，除盡我們的雜質」，使我們的生命有所提升；苦難來臨，或許像是一份化了妝的禮物，可以「動心忍性」，增加我們所欠缺的能力，讓我們在未來成為更好的人，也成為真正懂得感恩的人……

想到此，美雲衷心祝福秋伶，還有所有即將步出校門的同學，希望在未來學習的路上，大家都可以克服難關，可以發揮所長，可以學以致用，可以安慰親心！

十、斜槓逢生易，世代交替難

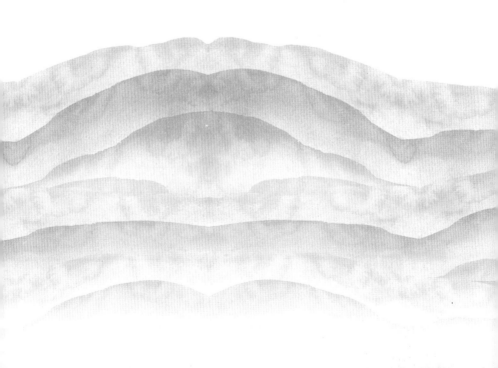

這天一早，永哥走進專任辦公室，他來到馬沙桌前，很客氣地說：

　　「馬沙主任，伯晟來上課了。」

　　永哥國字臉、方型身材，並不高大，但肌肉結實，是個體育老師兼當學務主任。馬沙稀疏的短髮幾乎全染白了，他笑嘻嘻地說：

　　「今天先不要讓他進教室，帶他到學務處，我等會過去。」

杏壇浮世繪

　　永哥走後，馬沙吃著飯糰，看了坐在旁邊的年輕老師一眼。對面的玉琪正低著頭看模擬卷試題，以便等會上課向同學解說；玉琪旁的

婕妤，是新面孔的代課老師，也低著頭批改作業，似乎怕和他的眼光接觸到。馬沙放眼看過去，整個專任辦公室的陌生臉孔愈來愈多，而知道這所學校過往歷史的老師也愈來愈少了。他輕輕地抹乾淨嘴角，喝了一口溫茶，往學務處走去。

伯晟是學務處常客，現在他安靜地坐在會客椅上。前兩天模擬考，第一科考完，他從學校操場的邊角，翻牆逃學了。說真的，坐在教室等下課，還不如到宮廟跳「八家將」有趣多了！

伯晟認識馬沙主任，雖然他現在不擔任主任，但大家還是喊他「主任」。不知為何，同學都敬畏他，但伯晟覺得他很講義氣，人滿不

錯的。

「伯晟，你翻牆不想在教室上課，對不對？今天我陪你，你就在學務處看你想看的書，老師允許你不用進教室了！」馬沙輕鬆地說。

伯晟聽了很高興，他隨手拿出綜合領域的課本翻了幾頁。學務處不時有師生進進出出，大家都把他當空氣一般。

杏壇浮世繪

中午，伯晟在學務處吃午餐，在學務處午休。午休起來，他看看窗外的藍天，有些受不了了，他問永哥：

「主任，我可不可以回教室？」

「不可以。說好，今天你可以不用進教室上課。」永哥回答。

馬沙沒上課的時間，會過來和伯晟聊天。伯晟説翹課不想來學校時，他會去某地方的廟埕晃，那裏有一位大哥人很好，帶他去宮廟，教他跳八家將，還讓他參加迺神的活動。

「你參加過幾次迺神？」馬沙好奇地問。

「一次。先去見習。」

「你家長同意嗎？」

「爸爸管不了我，他知道我沒有亂跑，所以沒意見。」伯晟輕鬆地說。

「你覺得……帶你的那位大哥是好人嗎？」

「主任，學校除了你是好人，其他老師心都不好。那位大哥叫我不可以輟學，要回學校唸完書，他是想幫助我的好人。」伯晟斬釘截鐵地回答，馬沙聽了哈哈大笑。

杏壇浮世繪

日落黃昏，校園鬧哄哄，有人背起書包走向籃球場，有人匆匆走出校門口，趕著補習班的專車接送……

伯晟慢慢收拾書包，他説：

「主任，在這裡很無聊，我明天還是進教室上課好了。我今天很想找同學聊天和打球，這裡真的很無聊。」

「那我們説好了：下次你再翻牆，我就留你在學務處陪我聊天⋯⋯」

「算了！我知道了！這裡真的很無聊！」

「對了！」馬沙喊住他：「輔導室好像有辦攀岩活動，你要參加嗎？」

「攀岩？這要技術，很難的⋯⋯爬樹，我

就報名啦！」伯晟拿起薄薄的書包走向操場。操場跑道上，體育班的同學正在做例行的體能訓練。

馬沙和永哥聊了幾句，拍了拍他的肩膀，往門外走去。馬沙回到專任辦公室，許多老師都下班了，兩位年輕老師還沒走。

「bye-bye，明天見了。」他瀟灑地揮揮手。

整個辦公室的空氣逐漸沉澱下來，這時玉琪和婕妤彷彿才釋放了自己，大大地鬆了一口氣。

玉琪在備課，婕妤在改作文本。

婕妤只有二十六、七歲，從拿到教師證開始，她就是流浪教師，到各校兼短期代課，就是個打工族。這學期她意外拿到整學期的代理教師缺，她覺得非常難得，還在好友Line群組裡低調炫耀了一番！因為代課老師是有課才到學校，沒課就閃人，但代理老師是全天待在學校，如同一般正式老師上下班，也參與學校的研習和活動，更貼近老師身分。

「哦，這些學生好嫩，都寫一些火星文！」她邊看作文邊發嘮叨。

一旁沉默的玉琪，聽到她說「好嫩」，忍

不住回話：

「現在學生真的好遜！句子寫不通，還錯字連篇，簡體字一堆！」

「紅豆泥？真的嗎？」婕妤接著説：

「我改他們的作文，真是佩服到Orz，五體投地了。」

「是啊，沒錯！就醬啊！」就這樣啊！兩人忍不住笑了起來。

玉琪三十歲出頭，教書五年，算是資深的代課老師。她結婚一年多，但打算三年內不

懷孕，希望可以考上正式老師再說。台灣少子化的緣故，許多學校招生不足，有潛在的「超額老師」待消化，所以學期中有缺，大多開出代理代課老師缺額，因此要考正式老師，真如「大旱之望雲霓」啊！

談到「火星文」，她倆都不陌生，學生時代在網路上流行起來，好像和港星周星馳在電影裡的一句台詞，「你快回火星吧，地球是很危險的」有關。那時候，她們也都看《哈利波特》系列小說，沉迷在Ｊ‧Ｋ‧羅琳所創造出來的魔法學校裡。

「其實，我中學時也超愛寫火星文，覺得很酷，那是一種同儕間的次文化。可是，現在改作文看見火星文，我會『牙』起來，受不

了！」婕妤接著又説：

「妳看！一堆の、ㄅ、ㄋ、ㄇ、XD、T_T，真是7456，氣死我了！」

對話陷入無趣，她們各做各的事，結束短暫的交談。

婕妤已無心改作文，她突然想在今晚睡前開一次小小的聲播，和她的fans聊聊學生時代的火星文。

婕妤除了兼代課，也會偶爾上網和好友視訊。她和她的閨密，大學時一同感受「太陽花學運」的熱情，一起響應「同性婚姻」運動，

參加同志遊行活動；她們也一起到韓國自助旅行，當個自由快樂的背包客。畢業後，有人在網路平台當網紅兼當團購主，做得有聲有色，所以她也試著匿名開聲播，偶爾彈彈琴、唱唱歌，偶爾聊一些不傷大雅的話題，還意外添了一項收入來源。她還年輕，想到處嘗試，不急著為自己定位，不想因爸媽的催促走入婚姻，也不認為朝九晚五的上班生活是最理想的；但這學期進學校當全職老師，仍讓她覺得很有成就感，至於下學期？再説吧！反正船到橋頭自然直！

玉琪專注在備課。在教書這件事，她戰戰兢兢，如臨深淵，如履薄冰。她雖然資歷淺，但教務處要求的「觀、備、議」課，她做得駕輕就熟，無可挑剔。她教的班級，學生很喜歡

她，班級的成績也不輸其他資深的正式老師；或許如此，這三年暑假，學校辦的代理老師考試，她都順利通過了。但她仍有遺憾，因為一年只有九個月的薪水，沒有考核獎金，也沒有正式老師應有的完整福利，所以她仍在為這份工作奮戰，直到她的遺憾不再是遺憾為止。

這時，九年級一位留下夜自習的男同學走了進來：

「玉琪老師，我可以請問您模擬卷上的題目嗎？」

「可以喔！」玉琪親切地回答。

杏壇浮世繪

這時，婕妤已收拾好背包，她向玉琪揮揮手，說：

「bye-bye，我先走了。妳不要太認真喔！」然後，婕妤也瀟灑地跨出辦公室的門。

回住處的路上，婕妤順便買了一個排骨便當。回到房間，她先餵飽五臟廟，稍作休息之後，就把電腦打開，把白色的數位鋼琴準備好，然後進入聲播平台：

「好朋友，你們今天過得好嗎？晚餐吃什麼？和誰一起吃呢？在黑暗中並不孤單，請記得抬頭仰望星光。當看見晨星，天就要亮了喔！

今天Angela想和大家聊聊學生時期寫的火星文，不知道你們現在還在使用嗎？是不是迫不及待想和Angela分享呢？我們聽完一首歌後，就進入今晚的主題……」

音樂響起，時而輕柔時而激昂的歌聲迴盪著……

杏壇浮世繪

為愛而生

有一個夢想在我心頭，一路上不該有人獨自停留，只要你願意，小小亮光，能在黑暗裡照亮。

為所愛的發出聲音，唱一首歌讓世界傾聽，手握著手就有溫暖，活得精彩都是因為愛。

為愛而生，為愛而活，為愛去付出擁抱不放手，為愛流淚，為愛而笑，為愛我願意一路同行。

愛裡沒有孤單，沒有懼怕，放下自己多走一里路，單單相信沒有保留，因為愛裡滿有奇蹟。

（詞：鄭懋柔 / 曲：游智婷）

致　以校為家
還必須十八般武藝樣樣通的
第一線教師

杏壇浮世繪

願此書可以榮神益人

後記　受洗十年

2012年8月，感謝 主的帶領，我受洗歸入主門，遷籍到祂愛子耶穌的國度，生命得到更新與翻轉。2013年2月，我先生也受洗，他成了我屬世真正的依靠。我常和 主說：「我是不乖的孩子，但祢仍然包容我，使我可以無愧地來到祢施恩寶座前。感謝 主！」

我們尋求宗教，除了對生命的疑惑，無非是現實生活中的苦難使我們不得不然。而真的有神嗎？舉頭三尺有神明，你信嗎？〈羅馬書〉一章十八節：

神的永能和神性是明明可知的，雖是眼不能見，但藉著所造之物可以曉得，叫人無可推諉。

杏壇浮世繪

　　所以我喜歡親近大自然，除了可以「多識鳥獸草木之名」，開闊胸襟，還可以從上帝創造萬物的眼光，去欣賞它的美好。

　　而人生，為什麼會有苦難？古往今來，誰能免去？保羅也說，在他蒙恩的歲月中，有「刺」伴隨著他，使他常覺得心有餘而力不足。〈羅馬書〉十一章二十八節：

　　神將眾人都圈在不順服之中，特意要憐恤眾人。

　　所以，我也喜歡讀《聖經》的舊約，我們都有法老王的心性要被神對付，人類的歷史，有天災、瘟疫、戰爭和人禍，但神的律法和憐憫也參與其中。

人生，為什麼會有苦難？

在苦難中，神彰顯祂自己

在苦難中，看見祂的憤怒與懲罰

在苦難中，看見祂的憐憫與恩慈

在苦難中，看見祂的忍耐與包容

在苦難中，看見祂的公義與權柄

在苦難中，神彰顯祂自己

在苦難中，我們尋求神

在苦難中，我們相信神

在苦難中，我們盼望神

在苦難中，我們等候神

在苦難中，神彰顯祂自己

在苦難中，我們得以謙卑地

看見神、讚美神

國家圖書館出版品預行編目資料

杏壇浮世繪・台灣教改的故事/暗光鳥・范著. -- 初版. -- 臺北市：博客
思出版事業網, 2023.07
面； 公分
ISBN 978-986-0762-49-5(平裝)

863.57 112005216

教育學習 4

杏壇浮世繪・台灣教改的故事

作　　者：暗光鳥・范
主　　編：盧瑞容
編　　輯：陳勁宏、楊容容
美　　編：陳勁宏
校　　對：楊容容、古佳雯
封面設計：陳勁宏
出　　版：博客思出版事業網
地　　址：臺北市中正區重慶南路1段121號8樓之14
電　　話：（02）2331-1675 或 （02）2331-1691
傳　　真：（02）2382-6225
E - MAIL：books5w@gmail.com或books5w@yahoo.com.tw
網路書店：http://bookstv.com.tw
　　　　　https://www.pcstore.com.tw/yesbooks/
　　　　　https://shopee.tw/books5w
　　　　　博客來網路書店、博客思網路書店
　　　　　三民書局、金石堂書店
經　　銷：聯合發行股份有限公司
電　　話：（02）2917-8022　傳真：（02）2915-7212
劃撥戶名：蘭臺出版社　帳號：18995335
香港代理：香港聯合零售有限公司
電　　話：（852）2150-2100　傳真：（852）2356-0735
出版日期：2023年7月 初版
定　　價：新臺幣220元整（平裝）
ISBN：978-986-0762-49-5